AF219784

Elfi Sinn

Die Silver Girls

Das Programm gegen Jugendschwund

Bibliografische Information der Deutschen Nationalbibliothek:
Die Deutsche Nationalbibliothek verzeichnet diese Publikation in der Deutschen Nationalbibliografie; detaillierte bibliografische Daten sind im Internet unter http://dnb.dnb.de abrufbar

1. Auflage 2017
2. überarbeitete Auflage 2021
© Elfi Sinn
Herstellung und Verlag:
BoD – Books on Demand, Norderstedt
Titelbild: Matthias Handrek

ISBN:9 783 755 713 906

1. Kapitel,
in dem alles mit einem Programm gegen Jugendschwund beginnt

„Wenn doch der Tag erst vorbei wäre!"

Sonja Keller quälte sich aus ihrem Bett. Ein Blick auf die Uhr sagte ihr, dass wenigstens der Vormittag schon fast vorüber war. Vergessen war die Zeit, da sie pünktlich mit dem ersten Ton des Weckers regelrecht aus ihrem Bett sprang, um für sich und ihren Mann das Frühstück vorzubereiten und dann arbeiten zu gehen. Ihr Frank war eines Tages einfach nicht mehr aufgewacht. Herzversagen, hatte der Arzt erklärt. Dabei hatten sie immer gesund gelebt und Frank war sogar viel sportlicher gewesen als sie, aber natürlich brachte seine Arbeit als Rettungssanitäter viel Stress mit sich.

„Du fehlst mir immer noch", murmelte sie fast vorwurfsvoll mit Blick auf sein Foto, das auf ihrem Nachttisch stand. Mehr als zwei Jahre war sie jetzt schon alleine. Anfangs hatte sie sich in die Arbeit in der medizinischen Dokumentation gestürzt, um den Schmerz zu dämpfen, aber dann vor einem Jahr wurde ein neuer Leiter in ihrem Bereich eingesetzt. Ein richtiger Überflieger, mit hervorragenden Abschlüssen und noch besseren Beziehungen und ehe sie wusste, was geschah, war sie vorzeitig in Rente geschickt worden.

Angeblich war sie mit fast 64 zu alt für die Aufgaben, die sie bisher mit Bravour gemeistert hatte.

Das hatte Sonja nicht nur den Boden unter den Füßen weggezogen, sondern ihr auch jegliche Orientierung genommen.

Sie wusste, dass sie sich manchmal gehen ließ. Aber warum sollte sie morgens aufstehen, wenn doch niemand sie brauchte? Warum sollte sie kochen? Für sie alleine lohnte es doch nicht. Warum sollte sie sich nicht ab und zu ein Gläschen Wein mehr gönnen? Damit konnte sie wenigstens schlafen und wälzte sich nicht stundenlang frustriert im Bett.

Sie schaute zum Fenster, durch das die Sonne hereinschien, immer noch unschlüssig, was sie machen sollte. Das satte Grün und die bunten Blumen des späten Frühlings nahm sie kaum wahr. Sie schaute wieder zum Foto ihres Mannes.

Wenn sie ganz ehrlich war, und das war sie ab und zu mit sich selbst, war die schlimmste Trauer schon einer Art Wehmut gewichen, einer stillen Resignation. Was ihr mehr zu schaffen machte, war die Langeweile des Tages, der vor ihr lag.

Die große, grüne Langeweile! Sonja musste schmunzeln, als sie an den russischen Märchenfilm „Feuer, Wasser und Posaunen" dachte, in dem der Wassermann auch die große, grüne Langeweile am meisten fürchtete.

Das Lächeln fühlte sich ungewohnt an. Wann habe ich eigentlich das letzte Mal richtig gelacht?

Ihr Blick fiel auf den Kalender, den sie aufrecht an das Fenster gelehnt hatte, damit sie ihn gleich sehen würde. Richtig!

Heute kam Ellen, ihre beste Freundin zurück in ihre Heimatstadt. Eine Nacht würde sie bei Sonja bleiben und morgen käme der Umzugswagen, hatte sie am Telefon erzählt.

Es wird schön sein, Ellen wieder hier zu haben, sinnierte Sonja, vielleicht war das der Moment, wieder die Kurve zu kriegen.

Mit mehr Schwung als üblich ging sie ins Bad, denn jetzt hatte sie zu tun, wie schön!

Mit kritischen Blicken musterte sie ihr Bad, als sie aus der Dusche trat. Sah das schon immer so vernachlässigt aus? Was sollte Ellen von ihr denken? Schneller als sonst trocknete sie sich ab und cremte sich sorgfältig ein. Beim Frisieren betrachtete sie auch ihre müden Züge und die Augenringe kritisch. Früher hatten ihre braunen Augen unternehmungslustig gefunkelt, jetzt waren sie nur noch glanzlos. Irgendwie hatte ich mich jünger in Erinnerung, dachte sie ironisch. Aber das war kein Problem, das man mit einem guten Abdeckstift nicht in den Griff bekäme.

Zum Glück hatten ihre Haare noch immer eine schöne braungoldene Farbe, die Frank immer Herbstgold genannt hatte, und nur an den Schläfen silberne Fäden.

Jetzt noch einen starken Kaffee und dann war eine Schnellreinigung der Wohnung und besonders des Gästezimmers angesagt.

Ein wenig abgehetzt stand sie dann Stunden später am Bahnhof und schloss ihre längste und beste Freundin Ellen in die Arme. Ellen sah eigentlich aus wie immer, hochgewachsen und schlank. Immer noch hellblonde halblange Haare, die aber schon ein wenig silbern schimmerten und gut zu ihren strahlend blauen Augen passten. Und sie lächelte, als hätte es nie Probleme gegeben. Offensichtlich war sie gut mit der hässlichen Scheidung fertiggeworden, dachte Sonja. Sie sieht jünger aus als ich, dabei sind wir doch beinahe gleichaltrig.

Auch Ellen musterte sie, überrascht von den Zeichen der Zeit, die vorher nie so deutlich waren und witzelte: „Wo ist der Duracell-Hase?"

Sonja schaute sie irritiert an, aber Ellen lachte nur über die verdutzte Miene. „Na, der Hase mit der unendlichen Energie, so warst du doch früher."

Das öffnete sämtliche Schleusen bei Sonja und die Tränen, die sie so lange zurückgehalten hatte, flossen reichlich. Ellen war regelrecht erschüttert, hielt sich aber zurück und umarmte sie tröstend.

„Komm lass uns einen Kaffee trinken und ein wenig beim Kuchen sündigen, dann geht es uns gleich besser. Danach können wir immer noch zu dir fahren."

„Das Schlimmste ist", erzählte Sonja, als sie in dem gemütlichen Cafe saßen, „dass mich keiner mehr braucht. Mein Sohn wohnt schon ewig in Los Angeles, mit den Enkeln konnte ich kaum

warm werden, so lange habe ich sie schon nicht gesehen. Ich will mich ja keinem aufdrängen. Und Freunde? Wahrscheinlich bin ich früher zu sehr in meiner Arbeit aufgegangen und jetzt ist es eh zu spät, um noch neue Freunde zu finden."
Ellen lachte und tätschelte ihr die Schulter.

„Dann ist es ja gut, wenn man alte Freunde hat, die sowas auch schon erlebt haben. Ich denke, wir machen eine kleine Programmänderung. Gleich um die Ecke gibt es ein kleines Spa, ich kenne die Besitzerin. Wir lassen uns jetzt beide ein wenig verwöhnen, etwas Kosmetik, eine Massage, dann sieht die Welt gleich ganz anders aus."

„Hast du etwa im Lotto gewonnen?" Sonja schaute ihre Freundin misstrauisch an. „Das ist doch alles viel zu teuer!"
Aber Ellen lachte nur. „Ich habe ein wenig extra verdient und außerdem spare ich das Hotelzimmer, wenn ich bei dir übernachte. Also los. Und anschließend machen wir bei dir einen gepflegten Weiberabend nach dem Motto: Wein, Weib…
„Und Geheul", setzte Sonja den alten Schlachtruf fort.
„Nein, heute ohne Geheul!" Lachend zog Ellen ihre Freundin weiter.
Am Abend, nach einem guten Essen und einer noch besseren Flasche Wein, begann Ellen zu erzählen, was sie sich für die nächsten Jahre noch vornehmen wollte.

Sonja, die gerade begann, den Abend zu genießen, an dem sie endlich einmal nicht allein war, konnte es nicht fassen.

„Das kann doch nicht wahr sein! Du willst wirklich wieder in die Platte ziehen. Kannst du dich nicht mehr daran erinnern, wie glücklich wir damals waren. Endlich richtige Wohnungen, wo du nicht mehr hörst, was der Nachbar seiner Frau gerade vorhält? Glaubst du wirklich, sowas geht dort auch?"

Sonja wies auf ihr gemütliches Wohnzimmer in gedämpften Herbstfarben, in dem sich klassische Möbel, einige wenige Antiquitäten und Stuck an der Decke vorteilhaft ergänzten.

Vorwurfsvoll sah sie Ellen an, die es sich gerade in dem großen Sessel bequem gemacht hatte, an ihrem Wein nippte und lächelte. „Wenn du die Wohnungen gesehen hättest, die ich kenne, dann wüsstest du, dass die Platte so schlecht auch nicht war. Außerdem sind heute schon viele so saniert, dass man dort sogar ruhiger wohnt, als in manchem Neubau."

Sonja wusste, dass die Fachkenntnis auf Ellens Seite war, schließlich hatte sie viele Jahre in einer Wohnungsgesellschaft gearbeitet. „Ich weiß ja, dass du die Fachfrau bist, aber warum ausgerechnet die Platte und dann noch in einer Gegend, die kein Mensch kennt?"

Ellen zog ein reichlich zerknittertes Blatt aus ihrer Tasche und reichte es Sonja. „Deswegen mache ich das!"

Sonja starrte auf das Blatt aus einer Zeitschrift. „Aber da steht

„Fünfzig und was nun? Was hat das mit dir zu tun? Du bist 65, genau wie ich."

Ellen lehnte sich bequem zurück. „Natürlich weiß ich, wie alt ich bin, ich spüre das schließlich jeden Morgen. Aber dieses Programm für die zweite Lebenshälfte hat mich fasziniert. Älter werden, ohne die lästigen Beschwerden und Einschränkungen, auch jetzt noch etwas bewegen zu können. Das ist mein größter Wunsch. Noch mal jung, will ich gar nicht sein, aber gesund bleiben und den Jugendschwund ein bisschen aufhalten. Bisher hatte ich nie die Zeit, wirklich etwas für mich zu tun. Aber jetzt! Deshalb habe ich das Programm für mein Alter umgeschrieben und diese Punkte werde ich umsetzten." Sie drückte Sonja ein Blatt mit 10 Maßnahmen in die Hand.

„Das ist meine neue To-do-Liste. Du kannst das behalten, falls du mitmachen möchtest." Aber Sonja winkte nur ab und starrte auf die Seite mit dem Titel:

65 und was nun? - Programm für die 2. Hälfte

1. Ernährung auf den Bedarf von 65 plus umstellen
2. Finanzielle Sicherheit schaffen
3, Ballast abwerfen
4. Körperliche Fitness trainieren
5. Geistige Fitness pflegen
6. Sexuelles Feuer wieder entfachen

7. Rechtlich für Betreuung und Pflege vorsorgen

8. Entscheidung zum Wohnumfeld treffen

9. Sich pflegen und verwöhnen

10. Spaß und Abenteuer planen

Nachdem Sonja die Punkte überflogen hatte, war sie wider Willen doch beeindruckt. Eigentlich gar nicht schlecht, so eine Orientierung.

Ellen deutete auf ihr Programm.

„Siehst du, der 8. Punkt betrifft das passende Wohnumfeld. Man soll sich rechtzeitig entscheiden, wie das künftige Wohnumfeld aussehen soll. Will ich in 20 Jahren noch die große Wohnung putzen und die horrende Miete zahlen, für wen? Ich musste mich verkleinern und will es auch. Außerdem wollte ich wieder dort wohnen, wo ich Menschen gut kenne und mag. Und das ist hier."

Sie lehnte sich zurück und strahlte Sonja so an, dass die gar nicht anders konnte, als ihr zuzustimmen. „Es ist super, dass du wieder da bist. Und natürlich hast du recht. Wer weiß, wie wir uns in zwanzig Jahren fühlen. Auf meinen Sohn kann ich mich da nicht verlassen. Der ist viel zu weit weg."

„Ich schätze, das geht allen so. Man will ja keinem zur Last fallen. Selbst wenn wir völlig gesund bleiben. Und auch dazu bin ich fest entschlossen. Das Haus, in das ich morgen ziehe, bietet andere Wohnformen für Ältere. Dort kann ich etwas völlig Neues ausprobieren."

Während Sonja sie immer noch verwundert ansah, breitete Ellen Fotos und Grundrisse des Hauses auf dem Tisch aus.

„Das wird eine Senioren-WG der besonderen Art. In diesem Wohnblock gibt es 1-und 2-Raum-Wohnungen, ausschließlich für Alleinstehende. Jeder hat seine eigene Wohnung, aber für alle ist im Erdgeschoss ein Gemeinschaftsraum, in dem man sich treffen kann. Natürlich gibt es alle notwendigen Notrufeinrichtungen und ärztliche Versorgung."

„Das hört sich für mich fürchterlich an, wie ein Pflegeheim!" Sonja schüttelte sich etwas übertrieben.

Aber Ellen lachte nur. „Für mich klingt das eher wie Ferienlager oder Jugendherberge. Wer will, kann sich jederzeit zurückziehen, aber wer Spaß an Gesellschaft hat, findet immer jemand zum Klönen. Ich wünsche mir, wieder mal gemeinsam zu singen. So wie früher."

Auch Sonja musste jetzt lächeln. „Du meinst damals, als wir noch die berüchtigten Petticoat Girls waren und eine Party ohne uns gar nicht möglich sein konnte".

Daran hatte sie lange nicht mehr gedacht. Damals waren sie eine kleine Sensation gewesen.

Eigentlich war die Musik der Fünfziger schon wieder unmodern gewesen, aber sie hatten mit ihren Auftritten diese etwas auf-

Sachen viel mehr Ahnung als ich. Weiter auspacken kann ich auch später noch. Komm wir gehen einkaufen."

Zwei Tage später dekorierte Ellen nach Sonjas Anweisungen das Wohnzimmer so, dass es gemütlicher wurde.

„Ach Sonja, du hast wirklich ein Händchen für Farben und Gestaltung. Alleine hätte ich das nicht hingekriegt."

Sonja freute sich über die Anerkennung, schließlich hatte sie in der kurzen Zeit ausreichend Vorhänge, Kissen und Decken in unterschiedlichen Blautönen genäht und Bilder mit Seemotiven gestaltet, die den Raum heimeliger machten und Ellen immer an die Küste erinnerten, die sie besonders liebte.

Für die kleine Küche hatte sie kurze Vorhänge und Backhandschuhe aus Blaudruck gefertigt und vielleicht auch ein wenig gehofft, in den Genuss von Ellens Backkünsten zu kommen.

Es war viel Arbeit gewesen, aber es war ihr leicht von der Hand gegangen. Und sie hatte nicht ein einziges Mal zur Uhr gesehen und geseufzt, der Tag möge endlich vorbei sein. Fast wie früher, dachte sie. Mir fehlt das sehr.

2. Kapitel,

in dem zu erfahren ist, dass manchmal weniger mehr ist, dass Liebe jünger macht und erstaunlich gut schmeckt

Wieder zu Hause ging Sonja das Vorhaben von Ellen nicht mehr aus dem Kopf. So eine Orientierung könnte ihrem Leben auch wieder eine Richtung geben. Schön, wenn man morgens aufwacht und weiß, welche Aufgabe wartet.

Wie nach Anregungen suchend, ging sie durch die Wohnung. Hier müsste sich auch einiges ändern. Ballast abwerfen! Das stand in Ellens Programm.

Genau das brauche ich auch, dachte sie, als sie ihren überquellenden Kleiderschrank betrachtete und in Gedanken mit dem von Ellen verglich. Alles passte farblich gut zusammen und alles waren Sommerfarben, mit denen Ellen am besten aussah. Wahrscheinlich hatte sie eine Farb- und Stilberatung. Sowas habe ich doch auch mal gelernt! Irgendwo ist bestimmt noch mein Farbenpass. Ja, früher hatte sie sich beim Einkaufen immer an leuchtenden Herbstfarben orientiert. Aber irgendwann nach Franks Tod war alles grau in grau geworden, wie ihre Stimmung. Das muss anders werden, entschied sie.

Ich muss Platz machen für Neues, in meinem Kleiderschrank, in meiner Wohnung und in meinem Leben. Am besten jetzt gleich, dachte sie und begann den Kleiderschrank völlig auszuräumen und neu nach passend und unpassend zu sortieren.

Nachdem sie vier Kisten mit ungeliebter Kleidung gefüllt hatte, räumte sie ihren Schrank wieder ein und freute sich an dem Anblick.

Alles war nach ihren Herbst-Farben sortiert und praktisch zusammengestellt, so dass man mit einem Griff ein passendes Outfit zur Verfügung hatte.

Eigentlich hätte sie nach den ganzen Anstrengungen müde sein müssen, aber sie fühlte sich so energiegeladen, fast wie früher. Also nahm sie sich nach einem leichten Essen etwas vor, was sie lange vor sich hergeschoben hatte. Sie räumte die Sachen ihres Mannes aus.

„Du verstehst das doch", murmelte sie mit Blick auf sein Foto, „du bleibst in meinem Herzen, aber jetzt muss ich dich loslassen und weiter leben."

An die Stelle des zweiten Bettes, das sie in den Abstellraum gebracht hatte, kam ihre Nähmaschine, für die sie vorher kaum Platz gehabt hatte. Mit einem kleinen Schrank und einem Regal für das Zubehör hatte sie jetzt einen richtig einladenden Arbeitsplatz, nur für sich.

Obwohl sie mittlerweile doch spürte, dass sie nicht mehr zwanzig war, entschied sie sich auch noch gründlich zu lüften und zu putzen. In dieser Nacht schlief sie tief und fest, ohne Wein und ohne Frust.

Am nächsten Tag, als das Schlafzimmer, auch unter ihren strengen Blicken, endlich leichter, luftiger und piecksauber war, nahm sie sich die Bücher im Wohnzimmer vor.

Alles, was sie jetzt noch lesen wollte, waren nette Bücher, in denen die Menschen freundlich miteinander umgingen, die Probleme wirklich zu lösen waren und die Leserin mit einem Happy-End belohnt wurde.

Die medizinischen Fachbücher von Frank wanderten in eine der unzähligen Kisten, die sie aus dem Keller geholt hatte. Von Krankheiten wollte sie eigentlich überhaupt nichts wissen, es genügte schon, von der Schwägerin ständig über den aktuellen Stand ihrer unzähligen Gebrechen informiert zu werden.

 Auch Sonjas früher unverzichtbare Fachliteratur ging den gleichen Weg, aber alle Bücher, die sie zu Farbgestaltung, Stil oder auch zu Nähtechniken fand, wurden wie lange vermisste Freunde begrüßt und blieben im Regal.

Sogar einige Farbenpässe und passende Tücher hatten sich unter den Unterlagen ihres Mannes noch angefunden, als ob sie auf das gewartet hätten, was sich Sonja jetzt schon ausmalte.

Während sie gerade überlegte, was sie eigentlich mit den Kleidern und den Bücher machen könnte, rief Ellen an. „Hast du morgen Abend Zeit? Ich habe eine Überraschung für dich."

Sonja lächelte fast bei der Frage. „Natürlich habe ich Zeit, worum geht es denn?"

„Wir sind eingeladen. Ich habe Annie gefunden und sie ist tatsächlich eine Fachfrau für die erste Maßnahme. Also hat sie uns zum Essen eingeladen. Karla kommt auch. Am besten hole ich dich gegen 17.00 Uhr ab und wir gehen gemeinsam."

„Du meinst wirklich die, mit der wilden roten Mähne, die wir immer „Annie, get your gun" gerufen haben?"

„Genau die", bestätigte Ellen lachend. „Es sieht so aus, als hätte ich doch noch einige Mitstreiter für mein Programm. Also bis morgen."

Sonja wandte sich wieder ihren Kisten zu. Eigentlich sind die Sachen viel zu schade zum Wegwerfen, dachte sie.

Noch war Platz im Abstellraum, in den sie alles brachte, während sich in ihrem Kopf eine neue Idee abzeichnete.

Am nächsten Tag steuerten Sonja und Ellen, mit Blumen und Wein gut vorbereitet, ein Haus in einem älteren Stadtviertel an. "Hier ist bestimmt seit Jahren nichts verändert worden, es sieht alles so düster aus." Sonja sah sich um, hier würde sie abends nicht alleine langgehen.

Von Annie, deren rote Haare sich immer noch so wild lockten wie früher, wurden sie herzlich empfangen. Ihre hellgrünen Augen strahlten mit ihrem Lächeln um die Wette.

„Kommt herein, Karla wartet schon auf euch. Aber lasst euch erst mal anschauen. Wir haben uns ewig nicht gesehen, aber euch beide hätte ich sofort wiedererkannt. Eigentlich ist es eine Schande, dass wir in einer Stadt leben und Ellen muss erst von außerhalb kommen, um uns wieder zusammen zu bringen." Lächelnd schob Annie ihre Gäste ins Wohnzimmer, wo an einem großen, runden Tisch unverkennbar die schwarze Karla saß. Neugierig erhob sie sich und kam ihnen lächelnd entgegen. Ihre Augen waren immer noch dunkelbraun, wie Schokolade, nur ihre Haare waren nicht mehr schwarz, sondern von hellem silbergrau. Auch sie freute sich und umarmte die Neuankömmlinge herzlich.

„Jetzt ist die alte Bande fast wieder zusammen. Nur Petticoat-Girls sind wir nicht mehr, eher Silver Girls." Karla deutete auf ihre Haare. „Trotzdem fühle ich mich gleich vierzig Jahre jünger, könnte Rock `n Roll tanzen oder singen. *See you later, Alligator.*"

Und die drei antworteten wie früher. „*In a while, crocodile.*"

„Super, das klappt immer noch", freute sich Annie. „Setzt euch erstmal, darauf müssen wir anstoßen!"

Als alle ihren Wein hatten, schlug Annie vor, auf Ellens Programm zu trinken. „Ohne diese fantastische Idee wäre Ellen nicht zurückgekommen und wir hätten uns nicht getroffen."

Alle stimmten ihr zu. Nach den ersten Schlucken, schon fast auf dem Weg in die Küche, drehte Annie sich noch einmal um.

„Eine Änderung hätte ich noch. Mit 50 kann man sich noch fragen: Und was nun? Aber wir doch nicht mehr, nicht mit 65.

Wenn ich früher an Frauen in diesem Alter dachte, dann waren das immer grauhaarige Matronen, die ihr Zipperlein pflegten. So sind wir nicht und so werden wir auch nicht sein. Also schlage ich vor: 65 – Na und! Wir sind nicht mehr 30, aber wir haben noch den Mumm, uns ein Programm gegen den Jugendschwund vorzunehmen."

Jubelrufe und Beifall bestätigte ihr, dass sie genau das Richtige getroffen hatte.

„Das stimmt doch auch!" Karla warf sich regelrecht in Pose.

„Neben uns sehen doch einige Jüngere eher blass aus. Also ich bin mit meinem Aussehen noch sehr zufrieden, wahrscheinlich habe ich gute Gene erwischt. Nur meinen Bauch, den hätte ich gerne etwas flacher, so wie früher."

„Mach dir nichts draus", lachte Ellen. „Kugelbauch ist auch ´ne Kurve und nur drauf kommt es an."

„Das stimmt", ergänzte Karla. „Erinnert ihr euch noch an die blonde Iris aus unserer Klasse, die hatte mehr Kurven als eine Gebirgsstraße und alle Jungs waren scharf auf sie."

Ellen nickte. „Mein Ex hat immer gesagt: Eine dünne Frau ist wie eine Hose ohne Taschen, man weiß nie, wo man die Hände lassen soll. Und der musste es ja wissen, bei seinem Ver-schleiß!"

Inzwischen war Annie mit einem schwerbeladenen Tablett

an den Tisch getreten.

„Ich schlage vor, wir essen erst und unterhalten uns dann über die Ernährung. Es gibt Hackbraten, Püree und grüne Bohnen."

„Oh, das riecht gut", Karla geriet sofort ins Schwärmen. „Ich will ja abends weniger Kohlenhydrate essen, deshalb weiß ich gar nicht, wann ich das letzte Mal so ein leckeres Püree gegessen habe. Dabei war das früher mein Leibgericht."

„Meins auch", pflichtete Ellen bei, „und wer macht heute noch Hackbraten. Es muss doch immer alles schnell gehen. Und du hast ihn sogar noch mit Gürkchen gefüllt. Mm!"

Auch Sonja ließ es sich schmecken, schaute sich aber während des Essens interessiert und etwas neugierig im Zimmer um. Ein bisschen abgewohnt, aber gemütlich dachte sie.

Ein wenig zu vollgestellt, wie bei ihr auch. Noch, fügte sie entschlossen hinzu und freute sich innerlich schon auf die nächsten Aufräumerfolge.

Nachdem auch die letzte Hackbratenscheibe und die letzte Bohne vertilgt und die Gläser frisch gefüllt waren, lehnte sich Annie entspannt zurück und grinste.

„Das Wichtigste zuerst. Wer glaubt mit 65 plus noch so essen zu können, wie mit 20, der irrt nicht nur, er sieht dann auch älter aus. Jetzt geht es wie auf allen Gebieten, nicht um Masse, sondern um Klasse! Wir tragen ja auch nicht mehr die billigen Fähnchen von damals, sondern wollen etwas Besseres. Was wir heute gegessen haben, war eigentlich schon der erste Hinweis für das Programm. Wer seine Ernährung auf den Bedarf von 65 plus einstellen will, muss sich an LOVE orientieren."

„Habe ich das richtig verstanden, du verordnest uns Liebe? Nicht dass ich was dagegen hätte", wunderte sich Karla.

„Verkehrt ist das auch nicht", betonte Annie, „ich benutze einfach gerne Buchstaben, damit man sich die Sache besser einprägen kann.

L – steht für Lieblingsessen entschärfen. Mit manchen Sachen kann der weibliche Körper ab einem gewissen Alter nicht mehr so gut umgehen. Dazu gehören einige Kohlenhydrate, ganz besonders Stärke. Die bleibt im Vorbeigehen schon an den Hüften kleben, vor allem wenn man sie abends isst. Also ersetze ich alles was Stärke enthält, durch leichtere Varianten. Was du heute so gelobt hast", wandte sie sich an Karla, „war kein Püree aus Kartoffeln, sondern aus Blumenkohl. Man kann auch Kohlrabi oder Steckrüben nehmen. Da ist kaum Stärke vorhanden.

Der Hackbraten war nicht aus Schweinefleisch, darauf verzichte ich, weil ich zu Rheuma neige, sondern aus Putenfleisch und es hat euch offensichtlich geschmeckt.

Die Ernährung umzustellen fällt leichter, wenn man nicht auf Lieblingsgerichte verzichten muss, sondern sie einfach umbaut."

Zustimmendes Nicken in der Runde, bestätigte Annie in ihren Ausführungen.

„Und wie ersetzt du Nudeln? Ich gehe ja gerne zum Italiener, in letzter Zeit aber weniger. Nach Nudeln am Abend sehe ich aus, wie eine schwangere Kuh." Karla zeigte mit den Händen eine Schwellung ihres Bauches an, die einer schwangeren Elefantenkuh würdig gewesen wäre.

„Ganz einfach, es gibt sogar mehrere Möglichkeiten. Du kannst Nudel aus Kichererbsen-Mehl kaufen oder selbst machen. Das ist fast nur Eiweiß. Du kannst Nudeln aus dem japanischen Konjak-Mehl verwenden. Nein, Karla freu dich nicht zu früh, das ist kein Alkohol, sondern eine Wurzel."

„Schade", grinste Karla, „ich hatte mich gerade auf diese Geschmacksorgie freuen wollen."

„Und außerdem gibt es noch eine andere Möglichkeit. Du kannst Nudeln mit einem speziellen Gerät aus Gemüse schneiden, aus Zucchini oder Möhren, schmeckt fantastisch und sieht auch noch originell aus."

Sonja war sehr interessiert gefolgt, aber auch ein wenig erleichtert. So schlimm schien das gar nicht zu werden.

„Und wofür steht das O?" fragte sie, noch nicht ganz sicher, ob nicht doch noch eine unangenehme Überraschung lauern würde, wie Körner kauen oder Haferschleim essen.

„Das **O -** steht für Omega 3-Fettsäuren. Die sind wichtig für die Gelenke, für eine stabile Stimmung und brillante geistige Leistungsfähigkeit.

Besonders viel davon ist in Seelachs, Makrele, Hering, Scholle, Forelle, Thunfisch und Meeresfrüchten."

Annie lächelte, als sie sah, wie Karla sich schüttelte.

„Da du immer noch keine Fischliebhaberin geworden bist, kannst du auch Kokos- und Leinöl nehmen."

„Oh ja", rief Karla, „jetzt nehme ich Quark, Leinöl und Steckrüben, richtig?"

„Du warst schon immer ein Schnellmerker." Annie grinste.

"Du kannst Kohlrabi oder Steckrüben zubereiten wie ganz normale Salzkartoffeln oder sie auch braten.

Die Omega-3-Fettsäuren können aber noch mehr. Kennt ihr das? Man geht in ein anderes Zimmer, weil man etwas holen will. Dann steht man dort und weiß nicht mehr was."

Zustimmendes Nicken bestätigte ihre Worte. „Das kann sich deutlich verbessern, wenn ausreichend Omega3-Fettsäuren im Körper sind, denn die sorgen dafür, dass die Gedanken an den Synapsen zuverlässig weiter geleitet werden.

V - steht für die richtigen Vitamine, " setzte Annie fort.

„Davon brauchen wir vor allem C, alle B-Vitamine und D3. Anschaulicher wird das bei einer Käseplatte mit Obst."

Mit diesen Worten stellte sie genau das in die Mitte des Tisches und forderte auf zuzugreifen. „Vitamin C, besonders das in Obst und Gemüse wirkt wie ein inneres Rostschutzmittel, etwas, dass das Altern verlangsamen kann.

Die B-Vitamine geben uns starke Nerven und gute Laune, besonders die in den Nüssen und im grüne Gemüse. War das nicht deine Oma, die immer gesagt hat…"

„Nehmse grün, det hebt", kam ihr Sonja lachend zu Hilfe.

„Und D3, das eigentlich ein Hormon ist, stärkt unsere Knochen, indem es dafür sorgt, dass das Calcium aus Käse oder Quark auch in die Knochen eingebaut werden kann. Wenn man ausreichend davon hat, kann es noch viel mehr, z. B. schützt es vor vielen Krankheiten, von der Erkältung bis zum Krebs."

Annie war ganz gerührt, wie aufmerksam ihr alle folgten und setzte nach einem Schluck Wein fort.

„Fehlt von dem Wort Love noch E - das für Eiweiß oder genauer Proteine steht. Die brauchen wir ganz besonders, weil jetzt naturgemäß mehr in unserem Körper repariert werden muss. Ohne Proteine gibt es keine Erneuerung der Haut, keine straffen Muskeln und auch keine Kraft. "

„Aber deswegen muss ich doch nicht mehr Fleisch essen? Ich finde wir essen sowieso schon zu viel davon."

Annie schüttelte über Ellens Einwand lächelnd den Kopf.

„Natürlich nicht. Wenn du die vegetarische Variante nutzt und auf ausreichend Hülsenfrüchte, Nüsse, Kerne, Eier, Käse und fermentierte Milchprodukte, wie Quark und Joghurt achtest, reicht das auch aus."

„Und was ist mit Nervennahrung? Zucker ist bei dir doch be-

stimmt gestrichen?" Karla beherrschte es immer noch meister-
haft, Annie zu provozieren.

„Wenn mir jemand vor 30 Jahren gesagt hätte, dass Zucker Nervennahrung sei, wäre ich vor Wut auf den Tisch gesprungen,
aber da ich selbst keinen esse, kann ich auch ohne Schwierigkeiten ruhig bleiben, Karla.

Zucker ist wirklich niemals Nervennahrung, sondern schädigt
die Nerven und macht uns reizbar. Zucker ist Gift für die Figur
und die Gesundheit! Er ist also tatsächlich gestrichen.
Aber Süßes ist völlig in Ordnung, das braucht die Seele. Und
mit Stevia, Birken- und Kokoszucker kann man gefahrlos süßen.
Ich backe damit und mache damit mein Eis selbst. Und sonst
gibt es ja noch Bitterschokolade. Ab 75% Kakao gehört sie in
die Kategorie Klasse, alles darunter ist nur Masse."
Sonja, die sich wie immer Notizen gemacht hatte, lehnte sich
jetzt entspannt zurück.

„Eigentlich ist es gar nicht so schwer, sich auf eine Oldtimer-
Ernährung umzustellen. Aber ohne deine Hilfe hätte ich nicht
gewusst, wie ich das machen sollte. Man liest so viel und jeder
behauptet etwas anderes. Wieso weißt du soviel über Ernährung?"
Annie lächelte in die Runde und freute sich sichtlich über die
Anerkennung. „Ich habe eine Ausbildung als Diätköchin und
früher hauptsächlich in Kurheimen gearbeitet, später dann in

einigen Krankenhäusern und damit fing der Ärger an.

Ihr könnt euch nicht vorstellen, wie ungesund ausgerechnet in Krankenhäusern gekocht wird. Alles was die Leute schon zu Hause falsch machen, wird dort noch übertroffen."

„Also das ist mir auch schon aufgefallen. Von diesem Essen wird man eher krank als gesund." Karla hatte eigene leidvolle Erfahrungen sammeln können, als sie am Handgelenk operiert worden war, auch die anderen nickten bestätigend.

„Es geht nicht immer um die Kosten", setzte Annie fort.

„Es gibt dort leider Menschen, die was zu sagen haben, denen die Gesundheit der Patienten völlig egal ist. Irgendwann hatte ich dann die Nase voll und die von mir auch genug. Also habe ich mich in eine Art Vorruhestand schicken lassen.

Und dann hatte meine Mutter kurz nacheinander zwei schwere Schlaganfälle, deshalb bin ich zu ihr gezogen, um sie zu pflegen. Jetzt ist sie schon ein Jahr tot, aber ich hänge immer noch hier rum, obwohl dieses Stadtviertel, den Bach hinunter zu gehen scheint.

Bisher konnte ich mich nicht so richtig aufraffen, ich muss ja nicht nur eine neue Wohnung suchen, ich muss ja auch all die Sachen von meiner Mutter ausräumen."

Sonja, die das sehr gut nachfühlen konnte, nickte verständnis-voll. „In Ellens Programm gibt es den schönen Punkt *Ballast abwerfen.* Das trifft es. Und nach meinen ersten Erfahrungen, kann das, ein richtiger Befreiungsschlag sein. Wenn ihr wollt, können wir uns nächste Woche bei mir treffen, bis dahin müsste ich fertig sein."

„Moment!" Karla hob abwehrend beide Hände. „Ich hätte nichts dagegen, etwas Hüftgold abzuwerfen. Aber vorher sollten wir uns mit dem Programmpunkt *Finanzielle Sicherheit* beschäftigen. Oscar Wilde hat mal gesagt: *Früher dachte ich Geld sei das Wichtigste, heute weiß ich es*. Und das sehe ich genauso."

Annie lachte. „Mein Lieblingsspruch von Oscar Wilde ist: *Ich habe einen ganz einfachen Geschmack, von allem das Beste.*"

„Und dafür braucht man das notwendige Geld", konterte Karla. „Aber kaum jemand will sich richtig damit befassen. Die Politiker reden über Altersarmut, aber keiner macht was dagegen. Nirgendwo wird ein richtiger Umgang mit Geld gelehrt, weder in der Schule, in der Ausbildung oder später, obwohl so viele Menschen verschuldet sind.

Und wenn Ältere bei einer Bank zum Anlegen beraten werden, dann geschieht das immer so von oben herab, als ob mit den Haaren auch die Intelligenz schwindet. Ihr merkt, das ist eins meiner Lieblingsthemen, da kriege ich immer so einen Hals."

Karla griff zu ihrem Weinglas und trank einen großen Schluck.

„Hast du bei einer Bank gearbeitet oder woher kommt dein Wissen?" Ellen war an diesem Thema auch sehr interessiert.

„Ich habe damals mein Studium abgebrochen, um mit meinem Mann ins Ausland zu gehen, wir waren beide im Außenhandel, hauptsächlich in Asien. Als wir wieder hier waren, habe ich als Bilanzbuchhalterin gearbeitet und ich war eine verdammt gute. Aber dann ist mein Mann gestorben, er hatte die Wende einfach nicht verkraftet."

Sonja strich ihr mitfühlend über die Schulter, aber Karla lächelte schon wieder.

„Danach habe ich erstmal mein Studium abgeschlossen und in einer Vermögensverwaltung gearbeitet. Das war eine wirklich gute Zeit, ich habe enorm viel gelernt.

Mein Chef war ein paar Jahre jünger als ich, als Mann für mich auch nicht interessant. Aber wir haben super zusammen gearbeitet und eine Menge aufgebaut. Für mich hätte es so noch ein paar Jahre weitergehen können, vor allem auch finanziell. Wir waren wirklich ein tolles Team, ich war wesentlich mehr als eine Mitarbeiterin.

Aber leider kam der Moment, wo mein Chef nicht mehr mit dem Gehirn, sondern mit anderen Regionen dachte. Mir wäre seine Affäre absolut gleichgültig gewesen, aber dieses kleine Luder hatte es auf meinen Job abgesehen. Und irgendwann hat er mich dann eiskalt zu einer Vertragsänderung drängen wollen, damit diese hirnlose Blondine auf meinen Stuhl kam.

Ich habe mich gewehrt, zum Glück hatte ich auch eine Hausmacht hinter mir, also hat er mich sehr großzügig abgefunden und ich bin früher in Rente gegangen. Aber es grämt mich noch heute, wenn ich nur daran denke."

Ellen nickte mitfühlend. „Das kann ich nachvollziehen. Männer können richtige Schweine sein. Als ich die Scheidung eingereicht hatte, weil ich endlich auch mitbekam, dass er mich schon jahrelang betrog, brachte meiner seine neue Freundin mit ins Haus. Seine Frauen sollten sich kennenlernen."

„Also das ist doch die Höhe!" Annie reagierte immer noch so temperamentvoll wie früher und schlug mit der Hand auf den Tisch. Ellen grinste nur und lehnte sich zurück.

„Aber ich habe mich gerächt. Ich habe das Kennenlernen wörtlich genommen und habe das Hühnchen auf das Genaueste in Konrads Vorlieben und in alle seine Gebrechen und Zipperlein eingewiesen. Als ich ihr seine Salbe gegen Fußpilz gezeigt und genau erläutert habe, wie sie anzuwenden ist, wurde sie grün im Gesicht und verschwand."

„Dein Mann hatte Fußpilz?" Sonja war entsetzt, aber Ellen grinste nur. „Natürlich nicht, aber ich habe Fantasie. Soweit ich weiß, hat sie ihn nicht wiedergesehen und er war stinksauer. So eine Rache kann sehr befriedigend sein. Das kann ich nur empfehlen."

Karla war sofort begeistert. „Das ist eine super Idee, ich weiß bloß nicht genau, wie ich es anstellen sollte. Wenn jemand einen guten Vorschlag hat, bin ich dabei. Aber bis dahin werden wir uns mit dem Wohlstand beschäftigen, der uns Frauen zusteht. Also nächste Woche bei mir, ich freue mich, Mädels."

Als Sonja am nächsten Morgen ihre Vorräte inspizierte, war sie froh darüber, sich Notizen gemacht zu haben. Da waren einige Einkäufe fällig und vielleicht sollte sie auch wieder mal ihre Rezepte-Sammlung durchgehen und weiter aufräumen.

Heute ist die Küche dran, entschied sie und begann zu sortieren und auszumustern.

„Wozu brauche ich sechs Tortenheber?", seufzte sie kopfschüttelnd. Ab in die Kiste! Am Abend ließ sie zufrieden ihre Blicke wandern. So nach und nach veränderte sich ihre Wohnung und wurde mehr und mehr von ihren Vorstellungen, von ihren neuen Erwartungen an das Leben geprägt. Ob die anderen Punkte aus Ellens Programm gegen Jugendschwund auch so viele Veränderungen bringen würden? Sie zuckte mit den Schultern. Das konnte spannend werden.

3. Kapitel,

**in dem das Geheimnis eines dauerhaften Geldregens
gelüftet wird**

Für das Treffen bei Karla traf sich Sonja mit Ellen auf halbem
Weg, denn wie sich herausstellte, lebte Karla gar nicht so weit
von Ellens neuer Wohnung entfernt.

Sonja gefiel diese kleine City auch gut, in der neue und sanierte
Häuser mit kleinen ausgesuchten Geschäften im Erdgeschoss,
gut harmonierten. Und überall waren Blumen und Grün, sogar
von den historischen Straßenlaternen hingen leuchtend bunte
Petunien herab. „Man vergisst fast, dass wir in der Stadt sind,
ich glaube deine Entscheidung war gar nicht so verkehrt."
„Du kannst gerne mit einziehen." Ellen nutzte jede Möglichkeit,
obwohl sie wusste, dass Sonja noch nicht so weit war.

Als sie den Eingang fast erreicht hatten, stieß Annie noch zu
ihnen, auch mit einer Schüssel in der Hand. Denn zum Abend
bei Karla, die nach eigenen Angaben keine gute Köchin war,
hatte jede einen Salat mitgebracht. Karla stellte die Schüsseln in
der kleinen Küche ab, um den Gästen einen ungehinderten Blick
auf ihr Zuhause zu ermöglichen.

Sonja betrachtete das Interieur sorgfältig, die gediegenen, dunklen Möbel, die karmesinroten Wände und sogar einen kleinen
Kamin mit einem bequemen Sessel davor.

„Englischer Landhausstil oder?" fragte sie in Karlas Richtung.

„Stimmt genau, ich liebe alles Englische. Das hat schon in Asien angefangen. Als dann meine Tochter nach Cornwall geheiratet hat, war ich sehr oft da, vor allem solange die Kinder noch klein waren. Aber mittlerweile sind meine Mädchen erwachsen."

„ Es passt alles wunderbar zusammen", stellte Annie anerkennend fest, „es passt auch zu dir und ist sehr gemütlich."

„Lasst uns mal prüfen, ob unsere Vorbereitungen genau viel Anerkennung von Annie bekommen", schlug Ellen vor.

Jede hatte etwas im Sinne des neuen Programms vorbereitet, das jetzt von Annie teils anerkennend, teils kritisch bewertet und schließlich am runden Esstisch verspeist wurde.

Sonjas IQ-Salat mit viel Lecithin schmeckte allen am besten und passte wunderbar zum neuen Programm, weil damit ohne Anstrengung auch etwas für die geistige Fitness getan wurde. Annies Linsensalat mit Hackfleischbällchen und Ellens Eiweiß-Käsestangen fanden mindestens genau so großen Anklang wie Karlas Weinauswahl, für die, die Bezeichnung Klasse schon fast zu wenig war.

Nachdem Annies Wertung und das gute Essen fast verdaut waren, richteten sich die Blicke erwartungsvoll auf Karla.

„Ich bin kein Theoretiker, also werde ich euch einfach erzählen, wie ich es geschafft habe, dass mein Geld mehr für mich tut.

Natürlich hätte ich auch gerne solche netten Buchstabenspiele benutzt, wie Annie, aber mir sind keine eingefallen. Deshalb heißt das Wichtigste bei mir ganz einfach: Einsparen, Ansparen und Anlegen."

„Das ist ja alles gut und schön", unterbrach Annie sie, „ich würde gerne ansparen, aber durch die Abschläge ist meine Rente so niedrig, wovon soll ich da noch etwas sparen? "

Aber Karla lächelte nur. „Hört sie euch an, die wandelnde Sorgenfalte! Natürlich ist das schwierig, aber genau deswegen reden wir über Geld. Bei mir war der Einstieg etwas leichter, weil ich vorher schon zurücklegen konnte und dann die fette Abfindung hatte. Ein Geld-Guru hat mal gesagt: *Die einfachste Art ein Vermögen zu machen, ist ein Vermögen zu haben.* Und da wir noch keins haben, müssen wir etwas dafür tun."

„Aber muss denn jeder unbedingt ein Vermögen anstreben?" Sonja schien sich schon mit der Formulierung unwohl zu fühlen. „ Ich bekomme keine schlechte Rente und bin zufrieden damit. Wozu brauchen wir in unserem Alter denn noch so viel Geld?"

„Da bin ich aber anderer Meinung", mischte sich Ellen resolut ein. „Finanzielle Sicherheit im Alter, die haben wir uns schließlich verdient. Ich habe mein Leben lang gearbeitet und wenn ich jetzt auf einem schönen, dicken Geldpolster sitzen könnte, wäre mir das sehr recht. Wenn das alle alleinlebenden Frauen hätten, brauchten sie nicht zu zittern, wenn der Kühlschrank oder die

Waschmaschine den Geist aufgeben."

„Oder wenn sie neue Zähne und Implantate, brauchen. Oder auch einfach Dinge, die eine Krankheit oder Beschwerden erträglicher machen." Annie erwärmte sich zunehmend für das Thema.

„Und nicht zu vergessen", setzte Karla fort, „das Leben sollte noch ein bisschen Spaß und auch ein bisschen Luxus enthalten und dafür brauchen wir Geld. Also sind wir uns einig?"

Als alle nickten setzte Karla fort:

„Zum ersten Punkt Einsparen:

Dafür habe ich zuerst erfasst, was ich jeden Monat an Fixkosten habe, also Miete, Versicherungen, Fahrkarten, Telefon, Internet und ähnliches.

Das sind wichtige Posten und häufig auch die größten. Also habe ich mir die Zeit genommen zu prüfen, was ich wirklich brauche und wo ich die gleiche Leistung preiswerter bekommen kann. Damit hatte ich schon das erste Plus. Natürlich musste ich auch bei der Miete oder dem Stromverbrauch kritischer hinsehen. Mit dieser Wohnung habe ich mich ebenso verkleinert wie Ellen, aber wenn ich es recht bedenke, habe ich mich damit auch verbessert und nicht nur finanziell.

Für die nächste Phase der Einsparung erfasste ich die restlichen Kosten einen Monat lang und supergenau. Also wie viel gebe ich für Klamotten aus, wie viel für Kosmetik, für Essen, für Kinobesuche und anderes?"

„Das hast du doch nicht alles gestrichen?" Annie schien regelrecht entsetzt von der Perspektive, die sie sich schon in düsteren Farben ausmalte.

„Natürlich nicht! Meine Devise lautet eher:
Preiswerte Alternativen ohne Verzicht! Einfaches Beispiel: Da ich sowieso nie zufrieden war, wie die Frisörin meine Haare geföhnt hat, gehe ich heute zu Cut & Go. Schneiden können die wirklich gut und Föhnen kann ich selbst. Ergebnis: Ich bin frisch frisiert, zahle aber deutlich weniger."

„Bis jetzt kann ich dir gut folgen", bestätigte Sonja, „ich hole also wieder das gute alte Haushaltsbuch hervor und wirtschafte etwas gründlicher. Zum Einsparen hätte ich auch noch einen Vorschlag, aber erst nächste Woche."

„Das Haushaltsbuch ist eine gute Idee, aber du musst dabei nicht nur erfassen, sonder mitkriegen, wo die größten Verschwendungen sind. Ich nenne das Daddelfaktor, weil man damit wirklich Geld verspielt. Früher habe ich mir morgens meinen Thermobecher mit Kaffee zu Hause gefüllt. Bis ich in der Firma war, konnte ich damit die Augen auch mühelos offenhalten. Weißt du wie viele Leute diesen Kaffee jeden Morgen am Kiosk für mindestens den 5-fachen Preis kaufen? Solche Ausgaben nenne ich schlichtweg unnötig. Es dauert eine Weile bis man hinter solche Gewohnheiten kommt, aber es lohnt sich.

Denn das Eingesparte, das ich sorgfältig errechnet habe, ist die 1.Quelle für das Ansparen. Nehmen wir mal an, ich stelle fest, dass ich monatlich tatsächlich 100 Euro weniger brauche, dann überweise ich sie vorsichtshalber zu Beginn des Monats auf mein Tagesgeldkonto, oder lasse es regelmäßig abbuchen."

„Ich verstehe, aus den Augen aus dem Sinn." Annie schien sich gut einfühlen zu können. „Ich hätte wahrscheinlich überlegt, was ich mir als Extra leisten könnte und dann bleibt ja wieder nichts zum Sparen."

„Wir können doch auch nicht immer nur sparen", Ellen klang schon etwas besorgt. „Ich gehe gerne einen Kaffee trinken oder auch mal ins Spa, das muss doch drin sein. Pflegen und verwöhnen steht doch auch in meinem Programm."

„Natürlich! Belohnungen müssen sein und die paar Einschränkungen, die ich euch vorschlage, gelten auch nur für eine bestimmte Zeit", beruhigte sie Karla.

„Die 2. Quelle zum Ansparen nenne ich neues Geld. Einfaches Beispiel: Nach der letzten Rentenerhöhung habe ich einen Sparplan bei meiner Bank abgeschlossen, bei dem ich monatlich 50 Euro von der Erhöhung in einen Fond einzahle. Das tut mir nicht weh, denn dieses Geld kam ja in meiner Planung der Ausgaben bisher nicht vor. Ich hatte es nicht und kann es daher auch nicht vermissen. Das nenne ich neues Geld.

Die 3. Quelle für das Ansparen ist ein Zusatzverdienst.

Natürlich rede ich nicht von einem 40-Stunden-Job, selbst wenn wir den machen wollten, bekämen wir ihn nicht mehr, aber Honorare für Beratung oder Dienstleistungen, die sind möglich. Ich mache für zwei kleine Firmen die Buchhaltung, das kostet mich zwei Tage im Monat, bringt mir aber ein nettes Sümmchen ein."

„Das kann ich nur unterstützen." Ellen kramte in ihrer Tasche und legte dann einen Flyer auf den Tisch. „Die Idee hatte ich auch schon. Als ich vorzeitig in Rente gegangen wurde, war mir echt langweilig und vielleicht brauchte ich auch etwas Ablenkung von der Scheidungsgeschichte. Also habe ich mich weitergebildet und meinen Web-Master gemacht.

Bis zum Umzug habe ich damit gut verdient, gerade kleine Firmen oder Geschäfte haben immer Probleme mit ihrer Web-Site. Wenn ich das hier für 2-3 Tage weitermache, sollte das Ansparen kein Problem sein."

„Ich schätze wir zwei müssen uns schleunigst was überlegen", wandte sich Annie an Sonja, „sonst hängen uns die beiden ab. Ich glaube, ich habe schon eine Idee. Aber erkläre uns doch erst mal, was dann aus dem Geld wird."

Karla nahm einen großen Schluck Wein, so langsam fing die Sache an Spaß zu machen.

„Nach dem Einsparen und Ansparen muss das Anlegen kommen. Die früher sicheren Festgelder bringen keine Zinsen mehr und durch die Inflation verliert das Geld auch noch an Kaufkraft. Im Klartext: Es wird weniger!

Wenn aus dem Geld mehr werden soll, muss man an die Börse. Aber keine Sorge, ihr müsst jetzt nicht jeden Tag Aktienkurse studieren. Ich habe mein Geld fast ausschließlich in Fonds angelegt.

Fonds sind wie ein großer Topf, in dem das Geld von vielen Anlegern gesammelt wird. Der Fondsmanager legt es dann in unterschiedliche Bereiche an. Es gibt Aktienfonds, Immobilienfonds, Rentenfonds und anderes mehr.

Meine Lieblinge sind Mischfonds, da wird bei den Anlagen breiter gestreut, was das Risiko natürlich mindert. Aber ein Risiko bleibt immer! Nur Geld, das durch die Inflation schrumpft, ist ja auch nicht gerade sicher."

„Mein Mann hatte einen Kollegen, der hat sich brennend für Aktien interessiert, weil er schnell reich werden wollte. Und eines Tages war alles weg. Sein ganzes sauer verdientes Geld!"

Sonja sah Karla fast vorwurfsvoll an, aber die lächelte nur.

„Dazu haben wir immer gesagt: *Gier frisst Hirn!*

Man muss sehr überlegt anlegen und Zeit haben. Es gibt Aktien, die sehr spekulativ sind, damit kannst du über Nacht Tausende machen oder auch alles verlieren. Davon habe ich immer die Finger gelassen, vielleicht habe ich deshalb kaum etwas verloren, auch wenn es an der Börse ziemlich gekracht hat.

Aber du musst einen langen Atem haben. Ich habe vor Jahren einen deutschen Fonds gekauft, der schon im ersten Jahr nach unten fiel, in der Folgezeit genauso. Erst im 5.Jahr fing der Kurs wieder an zu steigen, also habe ich gewartet. Im 8. Jahr habe ich ihn dann mit 99% Gewinn verkauft. Das ist eine satte Rendite von 12% pro Jahr. Das bringt keine Festgeldanlage."

„12% klingt sehr gut, würde ich auch sofort nehmen, aber 8 Jahre, das dauert mir zu lange." Ellen klang etwas enttäuscht, aber damit hatte Karla gerechnet. „Wer von euch hat einen Garten?" Annie hob zögernd die Hand.

„Musst du oft gießen?"

„Na klar, in diesem Jahr besonders viel. Weshalb fragst du?" Aber Karla lächelte nur geheimnisvoll. „Könntest du dir vorstellen, wie angenehm es wäre, wenn du eine Beregnungsanlage hättest?"

„Ja, sicher", Annie lachte, „ich würde in der Hängematte lesen und mein Leben genießen und mein Gemüse und die Kräuter würden trotzdem wachsen."

„ Und genau das", setzte Karla fort, „ist mein Anlagekonzept für uns späte Mädchen, nämlich Fonds, die die Erträge nicht sammeln, sondern regelmäßig ausschütten.

Ich habe jetzt mehrere davon, die monatlich oder quartalsweise den Ertrag, also Geld an mich überweisen.

Jeder Fonds ist wie die Düse eines Rasensprengers und mit vielen davon, habe ich einen dauerhaften Geldregen.

Oder um bei Annies Überlegung zu bleiben, ich liege in meiner Hängematte und genieße, was ich mir durch den Geldregen alles leisten kann, ohne dass mein Geld weniger wird."

„Und wenn einer der Fonds ausfällt, können das die anderen einigermaßen ausgleichen. Das gefällt mir. So etwas hat mir meine Bank noch nie vorgeschlagen" Ellen schien von der Idee sehr angetan.

„Je mehr Düsen oder Fonds man hat, um so besser. Sehe ich das richtig?" Auch Sonja gefiel diese Möglichkeit. In Gedanken überschlug sie ihre Sparkonten, die träge vor sich hin dümpelten. „Wie viel zahlt man denn in so einen Fonds und wie viel kommt dabei heraus?"

„Das ist unterschiedlich." Karla hatte einige Tabellen aus dem Internet vorbereitet. „Bei den meisten Fonds kann man ab 2.500 Euro einsteigen, bei einigen auch über einen Sparplan ab 50 Euro und die Ergebnisse sind genauso unterschiedlich. Die Fonds, die ich habe, schütten jährlich zwischen 3 und 5% aus, mein Lieblingsfonds jedoch 7%"

„Aber warum packst du denn dann nicht dein ganzes Geld in den Fonds, der am meisten bringt?" Annie beugte sich interessiert vor, sie hätte es auf jeden Fall so gemacht.

Karla nahm noch einen Schluck Wein. Annie ist immer noch so wie früher, dachte sie, Ziel anvisieren und dann volles Rohr.

„Stell dir vor, deine Beregnungsanlage hat nur eine Düse, es kommt zwar mehr Wasser, aber das war´s auch schon. Was machst du, wenn jetzt die einzige Düse verstopft ist oder aus einem anderen Grund ausfällt?"

„Du hast recht", Annie lachte, „mein Garten würde vertrocknen, weil ich nur auf ein Pferd gesetzt habe, dass gestolpert ist und jetzt lahmt, alles klar! Du verteilst deine Anlagen so, als ob du bei einem Rennen gleichzeitig mehrere Pferde am Start hättest. Damit hast du fast die Garantie, dass eins von deinen gewinnen wird."

„Bei Gott, jetzt hat sie`s" rief Karla in Anlehnung an Professor Higgins, „darauf sollten wir trinken."

Nachdem sie noch einen Schluck getrunken hatte, wandte sie sich etwas irritiert an Annie. „Woher kommt denn dein Interesse an Pferderennen oder Pferden überhaupt, damit hattest du doch früher nichts am Hut?"

Annie lachte und suchte nach Fotos auf ihrem Smartphone, die sie dann zeigte. „Interessiert an den Pferden und den Pferderennen war hauptsächlich meine Mutter, aber mir haben vor allem die gewagten Hüte gefallen. Schaut euch dieses Wagenrad an, damit hätte ich auch in Ascot bestehen können."

„Wir hatten doch auch eine Pferdenärrin, Vera, wisst ihr was aus ihr geworden ist?" Ellen musterte ihre Mitstreiter fragend, aber nur Karla konnte sich erinnern, sie vor einigen Jahren noch getroffen zu haben. „Sie hatte damals nach dem Studium ihren Professor geheiratet. Vorher war sie ja auch im Außenhandel, da haben wir uns manchmal gesehen, aber dann hat sie ihre Tante beerbt, das müssen Millionen gewesen sein. Ab da verliert sich die Spur."

„An die Tante, beziehungsweise ihre Pakete kann ich mich noch gut erinnern." Annies Augen leuchteten begeistert. „Sie hat uns damals die Petticoats geschickt und unseren Auftritt gerettet. Schade, ich mochte Vera und hätte sie auch gerne wiedergesehen."

Am nächsten Morgen begann Sonja nach einem starken Kaffee, ihre Unterlagen zu prüfen. Bloß gut, dass sie einige der Papiere schon geordnet hatte. Allerdings hätte sie besser auch mal früher in den Ordner für Versicherungen und andere Verträge schauen sollen. Denn bis Mittag hatte sie drei Versicherungen gekündigt, die sie irgendwann einmal bei einem Bekannten abgeschlossen hatte, aber eigentlich nicht brauchte.

Für zwei andere Verträge hatte sie ein günstigeres Angebot eingeholt und schließlich noch eine Mitgliedschaft in einem Verein gekündigt, die ihr Mann noch eingegangen war.

Bei einem leichten Essen, natürlich schon passend für jugendliche Oldtimer, staunte sie noch immer über ihre Ergebnisse. Wenn sie alles erledigt und in Sack und Tüten hätte, blieben

300 Euro, die sie dann monatlich sparen könnte, ohne dass ihr etwas fehlen würde. Tolles Ergebnis! Wieso war ihr diese Idee nicht schon früher gekommen?

Am Nachmittag surfte sie im Internet nach Nebenverdiensten, so wie Ellen es ihr geraten hatte. Die Vielzahl der Möglichkeiten erschlug sie fast: Dozent bei Volkshochschulen und Vereinen, Babysitter, Haushaltshilfe, Pflegehilfe, Tiersitter, Datenerfasser, Medikamententester, Servicetester bei Banken oder Optikern, Mysteryshopper für Warenhäuser und Apotheken, Statist oder Komparse am Theater oder beim Film, Interviewer für demoskopische Institute, Korrekturleser, Textautoren für Werbetexte und Kataloge, Blogger, Telefon-Service, Stadtführer und anderes mehr

Am besten gefiel ihr der Telefon-Service, vielleicht für Ärzte oder andere vielbeschäftigte Personen, darüber hatte sie schon einmal in einem Roman gelesen. Da würde sie anrufen und nach Möglichkeit auch gleich hingehen.

Als sie nach einer Stunde wieder zurückkehrte, hoffte sie nur, dass niemand sie gesehen hatte. Peinlich! So etwas konnte auch nur ihr passieren. Jetzt würde sie bei Jobangeboten etwas vorsichtiger sein und sich lieber mit Vertrautem befassen.

 Also begann sie erstmal die aussortierten Bücher zu erfassen, um sie mit Ellens Hilfe über ein Internetportal zu verkaufen.

Eigentlich hatte sie alles zum Papiercontainer bringen wollen, aber Ellen war der Meinung, dass diese Bücher zum Wegwerfen viel zu schade seien. Sonja musste ihr rechtgeben, als sie sich die Preise für die Angebote ansah. Das konnte wirklich eine interessante Woche werden.

Am nächsten Tag entschied sie sich, auch ein Tagesgeldkonto bei einer Direktbank zu eröffnen, so wie es Karla geraten hatte. Wenn sie das mit ihren früheren Besuchen in der Bank verglich, staunte sie nur noch, wie schnell das ging und wie leicht sie Zugang zu ihrem Kontostand bekam. Dass das Depot für die Anlagen auch noch kostenfrei dazu gehörte, war fast ein Sahnehäubchen extra.

Für den Rest der Woche bereitete sie sich auf ihr Thema „Ballast abwerfen" vor und schloss die letzten Räumaktionen mit einer regelrechten Putzorgie ab. Jetzt war alles so, wie es sein sollte. Und so schnell, wie die Tage jetzt vergingen, müsste sie bald ihre Zeit planen, um alles zu schaffen, wie schön!

4. Kapitel,

in dem weiter Ballast abgeworfen wird und Farben mehr Ordnung bringen

Am nächsten Weiberabend, zu dem Sonja auch ein altes entschärftes Lieblingsrezept zubereitet hatte, staunten die anderen schon im Eingangsbereich über die penible Ordnung.

Der Kartoffelauflauf mit Schinken und Pilzen wurde sehr gelobt, weil er natürlich mit Kohlrabi zubereitet war, aber schmeckte wie früher bei Sonjas Oma. Die rote Grütze als Nachtisch betrachteten Ellen und Karla zunächst kritisch, bis Annie grinsend die Lage klärte.

„Das sind Chia-Samen, ein Superfood, in Kirschsaft. Die haben ganz viele Omega-3-Fettsäuren und Calcium und schmecken außerdem noch richtig gut."

„Und das Gelbe in der Mitte ist Blitzeis aus gefrosteten Mangos", setzte Sonja fort. „Die Rezepte habe ich von Annie. Über Desserts hatten wir noch nicht gesprochen und ich war ein wenig unsicher. Aber das behalte ich bei."

Nach dem Essen tauschten sie sich zunächst über die ersten Ergebnisse an der Sparfront aus.

So wie Sonja hatten auch Annie und Ellen ihre Verträge durchforstet und ebenfalls Reserven zum Ansparen entdeckt, auch wenn Annie sich ein wenig grämte, dass ihr das nicht schon früher aufgefallen war. Schon in der Schule hatte sie ständig mit Karla im Wettstreit gelegen.

Allerdings lag sie bei den Nebenverdiensten deutlich vor den anderen. Über Bekannte hatte sie einen großen und sehr speziellen Auftrag an Land gezogen, das Hochzeitsessen für zwei überzeugte Vegetarier. Da ihr Angebot konkurrenzlos war, konnte sie auch ein gutes Honorar verlangen. Leider gab es keine weiteren Möglichkeiten, außer Putzen und danach war ihr nicht.

Zum Thema des Abends gab es zunächst eine kleine Führung, bei der Sonja, anhand ihrer geordneten Schränke, die Möglichkeiten erklärte, Ballast abzuwerfen.

„Ballast kann eigentlich alles sein, was das Leben beschwert, was einfach zu viel ist oder was einen an einem Ort verharren lässt, obwohl man weiter gehen möchte."

Mit Blick auf Karla fügte sie lächelnd an. „Hüftgold kann solch ein Ballast sein, aber auch nervige Verwandte, falsche Freunde oder Dinge, die die Wohnung verstopfen und die Übersicht und die Luft zum Atmen nehmen.

Ich habe an meinem Kleiderschrank begonnen. Auslöser war eigentlich Ellens Umzug. Als ich ihre Kleider gesehen habe, alles in Sommerfarben, überschaubar und gut geordnet, habe ich mich für meinen Schrank regelrecht geschämt. Der quoll nämlich über. Ihr kennt ihr das bestimmt.

Der Schrank ist voll, dennoch findet man nie das Passende. Deswegen habe ich mich entschieden, nur das zu behalten, was mir gefällt, was an mir gut aussieht oder was mich glücklich macht. Entsorgt wird alles, was ich nicht brauche, was mir nicht steht, auch wenn es eine Menge gekostet hat. Trotzdem ist das immer noch schwer umzusetzen.

Also habe ich mich auf die Farbenlehre nach Professor Lüscher besonnen, das habe ich schließlich mal gelernt. Danach teilt man nach dem Grundton der Haut, vier Farbtypen nach den Jahreszeiten ein.

Wenn man sich daran orientiert, gibt es keine Fehl- oder Frustkäufe, der Kleiderschrank bleibt übersichtlich. Ellen, kannst du dich bitte mal unter die Lampe stellen?"

Sonja zog ihre Freundin in den Vordergrund, um die Unterschiede an der Haut ihrer Unterarme deutlich zu machen.

„Ellen hat einen leicht bläulichen Hautton, bräunt aber sehr schön im Sommer. Zu ihren blonden Haaren und blauen Augen passen am besten Pastelltöne in Blau, Türkis und Rosa, aber auch Grau und Weiß.

Ich bin eher ein Herbsttyp mit bräunlicher Haut und braunen Haaren. Meine Farben sind, wie ihr an meinen Kombinationen sehen könnt, hauptsächlich Grün, Rostbraun und Cremeweiß."

„Wenn du das alles weißt, wieso war dann dein Schrank zu voll?"

Annie war schon ziemlich ins Grübeln geraten, als sie

an ihren Schrank dachte.

Sonja wich der Frage nicht aus. „Weil ich einen ziemlichen

Durchhänger hatte, brauchte ich jetzt ein wirklich radikales

Ausmisten und Entrümpeln. Das ist auch wie ein Schlussstrich

für die Seele. Nachdem mein Mann so plötzlich gestorben war

und ich ein Jahr später in Rente geschickt wurde, hat mich das

total aus der Spur geworfen. Ordnung war mein geringstes Prob-

lem. Ich hatte keine Orientierung, keine Ziele mehr, nur den

Wunsch, der Tag möge schnell herumgehen."

„Ich kann das nachvollziehen", Karla legte ihr tröstend den Arm

um die Schultern, „als mein Mann starb, hatte ich wenigstens

noch eine Arbeit, die mich gefordert hat."

„Mit dem Ausräumen habe ich all das abgeschlossen und jetzt

jede Menge Platz für frische Energie, Platz für was Neues."

„Deshalb steht deine Nähmaschine jetzt hier, wird sie auch

wieder mehr benutzt?"

„Ganz bestimmt! In meiner Wohnung stehen nur noch Dinge,

die gebraucht und benutzt werden, schließlich habe ich jeden

Raum in meiner Wohnung gründlich durchforstet. Nur der Ab-

stellraum enthält jetzt natürlich eine große Menge Ballast, aber

daran arbeite ich."

Karla betrachtete Sonjas Kombinationen im Kleiderschrank und

war sichtlich beeindruckt.

„Es passt alles so gut zusammen, hast du das selbst so zusammengestellt oder so gekauft"?

Und als Sonja ersteres bestätigte, zog sie ihren Terminkalender aus der Tasche. „Kann ich dich für meinen Kleiderschrank buchen? So kriege ich das alleine bestimmt nicht hin, außerdem wüsste ich gar nicht, an welcher Jahreszeit ich mich orientieren sollte."

„Oh, ich brauche dich auch, bitte, bitte! Ich verzweifle sonst an meinem Schrank." Annie hatte schon immer eine dramatische Ader und setzte sie auch händeringend wirksam ein.

„Kein Problem, das mache ich gerne", lachte Sonja.

„Und welcher Farbtyp ihr seid, können wir gleich ausprobieren. Nehmt euch einen Stuhl und gießt Wein nach. Ich fange mit Annie an."

Nachdem Annie auf dem Drehstuhl vor dem großen Spiegel Platz genommen hatte, deckte Sonja ihre Kleidung mit einem hellen Umhang ab.

Dann legte sie unterschiedliche farbige Tücher um die Schultern und ließ ihre Zuschauer beurteilen.

Annie hatte helle, leicht braungoldene Haut, hellrotes Haar und Sommersprossen. Dazu passten am besten Sonnengelb, Apfelgrün und helles Beige, typische Frühlingsfarben.

Karla und Ellen staunten, wie verheerend sich zu kräftige Farben wie Pink und Dunkelbraun auswirkten.

Auch Annie war überrascht. „Eigentlich bin ich mit meiner Haut noch sehr zufrieden, aber mit Pink habe ich ja mehr Linien im Gesicht, als die U-Bahn in London."

Karla dagegen empfand das gleiche pinkfarbene Tuch als sehr angenehm. Sonja zeigte, auf Karlas bläulich getönte Haut, die Haare, die früher rabenschwarz gewesen waren und konstatierte, „Du bist ein klassischer Wintertyp, zu dir passen am besten Edelsteinfarben. In deinem Kleiderschrank sollten vor allem Teile in Schwarz, Hellgrau, Weiß, Dunkelblau oder auch Dunkelrot sein. Mit diesen Farben passt alles gut zusammen und deine Haut strahlt. Braun, Beige, helles Grün oder Orange wirken anders. Wie findet ihr das?" Sonja wandte sich an die höchst interessierten Zuschauerinnen.

„Damit sieht sie aus, als hätte sie gerade eine Magenspülung überstanden oder drei Nächte durchgesumpft". rief Annie und schenkte Karla vorsorglich nach.

Sonja entfernte die falschen Farben wieder und betonte noch einmal. „Wenn ihr wollt, gebe ich euch dazu gleich noch einen Farbenpass mit, dann können wir bis nächste Woche eure Schränke gemeinsam durchgehen. Für nächste Woche hätte ich dann noch einen Vorschlag."

„Ich leider auch", unterbrach sie Ellen, „ich kann den Weiberabend nächste Woche nicht vorbereiten. Ich muss ausgerechnet an diesem Tag zu einer Beerdigung, meine Tante ist gestorben."

„Oh, das tut mir aber leid. Ich kannte sie nicht. Habt ihr euch nahe gestanden?"

Ellen lachte. „Überhaupt nicht. Sie war ein biestiges, altes Weib, das ihre Mitmenschen nur geärgert hat. Genau genommen bin ich mit ihrem Tod auch Ballast losgeworden. Ich würde gar nicht zur Beerdigung gehen, aber es gibt eine Testamentseröffnung am gleichen Tag und da muss ich hin. Ich komme dann erst abends zurück und deshalb wäre es schön, wenn du noch einmal übernehmen würdest."

Sonja nickte eifrig. „Das Gleiche wollte ich auch gerade vorschlagen. Wenn wir Annies und Karlas Kleiderschränke geordnet haben und nur halb so viel zusammen kommt, wie bei mir, würde sich nächste Woche ein Kleidertausch unter uns doch lohnen.

Jeder kann prüfen, ob sich etwas in seinen Farben finden lässt, was gut passt und die eigene Garderobe sinnvoll ergänzt.

Ganz im Sinne von Karlas Empfehlungen: Preiswerte Alternativen, ohne Verzicht."

5.Kapitel,

in dem das sexuelle Feuer leider nicht entfacht, sondern Männern abgeschworen wird und neue Geschäftsideen entstehen

Als Sonja den nächsten Weiberabend vorbereitete, dachte sie mit Stolz daran, was sie in der zurückliegenden Woche alles geleistet hatte.

Bei Karlas Kleiderschrank war es relativ leicht gewesen, weil sich bei ihr schon viele Farben fanden, die genau zum Wintertyp passten. Nur einige Teile waren Frustkäufe gewesen, teure Sachen, aber leider völlig unpassend.

Annies Schrank dagegen war eine Herausforderung. Durch ihre Vorliebe für leuchtende Farben, hatte sie oft total daneben gegriffen. Außerdem gab es noch viele gute Kleidungsstücke der Mutter, die zu schade für die Kleidertonne waren.

Bei beiden hatte es also reichlich Material für den Kleidertausch gegeben. Als sie alles durchgesehen hatte und hier und da auch eine kleine Reparatur nötig war, kam ihr die Idee aus diesen „Resten" farblich passende Kombinationen für die Farbtypen Frühling, Sommer, Herbst und Winter zusammen zu stellen und zum Kleidertausch zu präsentieren. Sie genoss einen letzten Blick auf die harmonischen Farben, bevor sie sich in der Küche wieder ihrem besonderen Eintopf zuwandte.

Sie hatte einen Möhren-Sahne-Topf vorbereitet, den sie schon als Kind bei ihrer Großmutter gerne gegessen hatte. Allerdings, wusste sie nicht genau, ob Sahne noch in Ordnung war. Vielleicht hätte sie Annie doch vorher noch fragen sollen?

Als die anderen auftauchten, Annie mit einem Dessert, Karla mit einer Käse-Obst-Platte und Ellen mit einem riesigen Getränkekorb, war der Tisch schon gedeckt und das Essen konnte beginnen.

Zuvor bestaunten alle die „Schätze", die Ellen aus ihrem Korb holte. „Meine Tante Margarete hat sich offensichtlich entschieden, uns wenigstens nach ihrem Ableben zu erfreuen. Also habe ich etwas Geld und ihren Weinkeller geerbt. Und da waren Flaschen, deren Namen ich schon lange nicht mehr gehört habe."

„Ach, ich glaube es nicht." Annie hatte eine Flasche aus dem Korb genommen. „*Rosenthaler Kadarka*, da fallen mir doch sämtliche Jugendsünden ein, kennt ihr noch den Beinamen, den dieser Wein hatte?"

Alle grinsten verschwörerisch, aber keine antwortete.

„Und hier *Grüner Veltliner* und *Lindenblättriger*, das ist ja ein richtiger Erinnerungsschatz". Sonja staunte die gut erhaltenen Etiketten an.

„Du hast sogar echten ungarischen *Tokajer*, das war mal meine Lieblingsmarke, aber heute ist mir das zu süß. *Erlauer Stierblut*, den kann man heute noch trinken." Karla betrachtete die Menge an Flaschen und prognostizierte: „Ich glaube, das wird ein langer Abend. Lasst uns erst etwas essen. Dann widmen wir uns diesen Schätzchen."

Sonjas Sorge wegen der Sahne hätte sie sich sparen können, denn Annie bestätigte, dass ein Löffelchen Sahne für den Geschmack einfach notwendig sei.

Nach dem Essen und der ersten Weinprobe forderte Sonja zum Kleidertausch auf und präsentierte die vorbereiteten Zusammenstellungen. Aber die erwartete Reaktion fiel aus, niemand meldete Bedarf an. Karla klopfte ihr auf die Schultern und lächelte tröstend. „Du hast dir so viel Mühe gegeben. Mein Schrank ist jetzt topp in Ordnung. Mir war überhaupt nicht bewusst, dass ich so viele Klamotten besitze. Jetzt habe ich erstmal Kleider satt. Aber so toll, wie du das alles zusammengestellt hast, sollten wir es einfach verkaufen."

Auch Annie unterstützte den Vorschlag. „Das wird uns ganz sicher bei Ebay reißend abgenommen, weil es bestimmt mehr Leute gibt, die ihren Farbtyp kennen und jubeln würden, wenn sie alles passend bekommen."

„Aber Ebay wäre dafür nicht richtig", wandte Ellen ein, „das muss spezieller sein. Den Käufern soll vorher schon klar sein, dass es um die Farbtypen geht. Als ich damals meine Kleidung umstellen wollte, habe ich überall im Internet nach einem Versand gesucht, der so etwas anbietet. Nicht alles Mögliche, sondern passende Ergänzungsteile, Schals, Tücher, Rollis, T-Shirts oder auch Handschuhe in meinen Sommerfarben. Da ist nichts. Nada!"

„Dann gibt es doch nur eine Lösung!" Karla sah die anderen triumphierend an. „Wir gründen einen solchen Versand. Wir vier und die vier Jahreszeiten. Das passt doch toll!"

„Super!" Annie begann sich auch für die Idee zu erwärmen. „Ich habe das mal im Fernsehen gesehen. Man braucht lediglich Zulieferer, Lagerräume und jemanden der packt und es zur Post bringt."

Ellen lachte und goss die Gläser erneut voll.

„Ich will euren Gründungsdrang ja nicht bremsen, aber ganz so einfach ist es natürlich nicht. Doch die Idee ist echt gut. Wir könnten sie noch erweitern durch *Vier Jahreszeiten – Second hand*. Das wäre nachhaltig und eine Richtung, die es garantiert noch nicht gibt.

Ich könnte auch etwas beisteuern, Tante Margaretes Tücher. Ich habe keine Ahnung, warum sich jemand Tücher kauft und sie dann eingeschweißt im Schrank liegen lässt."

„Vermutlich weil sie wertvoll sind." Sonja kannte sich damit sehr gut aus. „Es gibt Tücher, wie die von Hermès, die kosten mehr als 400 Euro. Das sind Sammlerstücke, vielleicht solltest du die lieber für dich behalten."

„Auf keinen Fall. Erstens bin ich kein Typ für Tücher und zweitens, wenn wir diesen Versand gründen sollten, haben wir damit garantiert einen guten Start. Also lasst uns die Sache im Hinterkopf behalten. Zuerst aber möchte ich wissen, wie Karla ihren speziellen Ballast losgeworden ist, wir konnten noch gar nicht reden."

Karla schwenkte ihr Weinglas in Ellens Richtung. „Das war eine großartige Idee von dir und das Ergebnis alleine, wäre schon Grund genug, mit euch zu feiern."

„Was habt ihr denn gemacht? Habe ich irgendwas überhört?" Sonja sah unsicher von einem zum anderen. Inzwischen hatten sich alle wieder im Wohnzimmer einen bequemen Platz gesucht und Sonja, die das Geschirr abgeräumt hatte, schien den Anschluss verpasst zu haben.

„Überhaupt nicht!" Karla klopfte ihr beruhigend auf die Schulter. „Ellen hat vorgeschlagen, dem kleinen Luder, das meinen Platz eingenommen hat, wunderbar aufreizende Dessous zu schicken und sie mit der Kreditkarte seiner Frau zu bezahlen. Zum Glück hatte ich die Nummer noch. Inzwischen hat es in der Firma einen kleinen Erdrutsch gegeben, denn die gehört eigentlich seiner Frau. Die hirnlose Blondine ist Vergangenheit und durch eine ältere Kollegin ersetzt, die vorher für die Armee gearbeitet hat. Fast könnte mir mein Exchef wieder leid tun, trotzdem habe ich das Ganze richtig genossen. Gestern bekam ich Blumen von einem unbekannten Absender, auf der Karte stand lediglich Danke."

„Das ist Frauensolidarität, darauf trinke ich!" Nach Ellens Aufforderung hoben alle ihre Gläser. „Ich trinke auch darauf, dass ich jetzt dank Tante Margarete an meinem Geldregner arbeiten kann. Ich habe 5.000 Euro, Karla, jetzt ist eine Wertpapierkennnummer fällig."

Karla hob anerkennend den Daumen, Ellen hatte nachgelesen und wusste schon, dass Fonds eine Kennnummer hatten.

„Kein Problem, welchen Fonds möchtest du denn?"

„Habt ihr das gehört?" Ellen wandte sich fast empört an die anderen. „Das ist natürlich eine Kontrollfrage, ob ich dir auch richtig zugehört habe. Natürlich möchte ich zwei Pferdchen, falls eins stolpert. Die Summe kann ich ja später noch erhöhen, aber jetzt will ich endlich beginnen."

„Das würde ich auch gerne", seufzte Annie. „Aber ich kann doch nicht mein ganzes Geld anlegen, ich brauche doch auch Reserven."

„Natürlich sollte man nicht alles anlegen." Obwohl Karla dem Stierblut schon kräftig zugesprochen hatte, verstand sie ihr Metier immer noch hervorragend.

„Du solltest 3 bis 4 Monatseinkommen flüssig haben, beispielsweise auf einem Tagesgeldkonto. Ich horte immer etwas mehr, falls ich noch etwas günstig nachkaufen möchte."

Annie lehnte sich enttäuscht zurück. „Das Ansparen kann echt nerven, wenn man nicht die richtigen Zusatzverdienste findet. Jetzt am Wochenende hatte ich doch die große Vegetarier-Hochzeit. Gute Bezahlung, aber der totale Stress.

Zuerst hatte ich nur mit dem Brautpaar zu tun, da war noch alles easy. Aber dann kamen die Schwiegermütter und jede hatte Sonderwünsche und natürlich genau das Gegenteil vom Wunsch der anderen. Als dann noch eine Großmutter erschien, die militante Veganerin ist, hätte ich fast das Handtuch geworfen. Einmal und nicht wieder! Und was ist mit dir, Sonja?"

Die schüttelte auch nur mit dem Kopf.

„Ich dachte, ich hätte mir etwas Harmloses ausgesucht, aber das war ein völliger Reinfall. Auf der Website, die mir Ellen genannt hatte, gab es eine Menge Angebote, die mir aber nicht so richtig zusagten. Telefon-Service schien mir noch am einfachsten zu sein. Die sagten mir auch, ich könnte gleich vorbeikommen. Ich hatte mir so etwas vorgestellt, wie Landärzte es haben, jemand der die Anrufe entgegen nimmt und dann zur Terminplanung weiterleitet. Aber als ich dorthin kam, saßen ungefähr zehn Frauen in einem Raum und stöhnten am Telefon."

Schallendes Gelächter unterbrach sie. „Ihr lacht, aber mir war nicht zum Lachen, ich war schockiert. Auf der Stelle habe ich umgedreht, das war mir sowas von peinlich. Also, was ich nicht machen will, das weiß ich jetzt genau, aber was mir wirklich gefallen würde, keine Ahnung!"

Ellen kramte einen Block mit roten Haftzetteln aus ihrer Tasche und verteilte sie. „Wir machen jetzt ein Spiel und schreiben auf, was wir am liebsten machen würden, wenn alle Möglichkeiten und Bedingungen optimal wären."

Nach fünf Minuten gesammeltem Schweigen, begannen die Gesichter zu strahlen.

Als Ellen ihre Blicke über die eingesammelten Zettel schweifen ließ, fing sie an zu lachen.

„Was wir jetzt dringend brauchen, ist ein Haus oder mindestens einen großen Raum. Annie möchte Kochkurse geben, Karla möchte Interessierten beibringen, wie man mit Geld besser umgeht, ich würde gerne Tanzkurse organisieren und Sonja Nähen unterrichten."

Nachdem sie in der Tasche gekramt hatte, wandte sie sich direkt an Sonja. „Du hast außerdem geschrieben, dass du das gerne weitermachen würdest, mit Farben die Schränke in Ordnung zu bringen."

Als Sonja nickte, schob Ellen eine Visitenkarte über den Tisch.

„Das könnte dein erster Auftrag sein. Ich habe Wendy aus dem Spa von unseren Aktionen erzählt. Sie ist total begeistert und würde dich gerne für ihren Kleiderschrank buchen."

„Schon wieder ein Grund anzustoßen!" Karla hatte die Gläser

wieder gefüllt. „Eine Geschäftsgründung in Arbeit, für die
Kurse brauchen wir nur noch die richtige Lokalität und der erste
Auftrag für die gute Fee unserer Kleiderschränke. Darauf trinke
ich, Prost Mädels! Wie viele Punkte sind eigentlich von unserem
Programm gegen Jugendschwund noch offen? Ellen, kannst du
mal nachschauen. Mich strengt das jetzt zu sehr an.“

„Oder das Stierblut lenkt dich zu sehr ab“, lachte Ellen. „Hier
wäre noch einiges offen, zum Beispiel das sexuelle Feuer wieder
entfachen.“

„Buh“, rief Karla, „dafür brauchten wir ja Männer und auf die
bin ich zur Zeit nicht so gut zu sprechen. Die sind zu allem fähig
und zu nichts zu gebrauchen. Wenn ich an meinen Exchef denke, er und einige andere Männer, alle Schlawiner, wie Kolumbus.“

„Wieso denn Kolumbus?“ Sonja konnte nicht ganz folgen.

„Ganz einfach: Er zog los, obwohl er gar nicht genau wusste
wohin, er blieb ohne Begründung sehr lange fort und als er wieder kam, wusste er nicht mal, wo er gewesen war. Und alles
wurde bezahlt mit dem Geld einer Frau. Das Leben ist so ungerecht!“

„Das stimmt.“ Bei Annie schien der Kadarka schon die Zunge
lahm zu legen. „Männer konnten schon immer besser gucken,
als denken. Denn wenn es umgekehrt wäre, hätten kluge Frauen
wie wir viel größere Chancen.“

„Männer", auch Ellen schien schon leicht zu nuscheln. „Männer werden in der Regel 7 Jahre alt, danach wachsen sie nur noch."

„Ja", begeisterte sich Karla, „nur ihre Spielzeuge werden teurer!"

Annie hatte sich schon in ihren Sessel gekuschelt und stöhnte.

„Das Universum hat einiges sehr ungerecht eingerichtet. Warum dauert es an der Schlange, an der ich im Supermarkt stehe, immer am längsten? Oder warum kriegt man ausgerechnet im Gesicht Falten, wo doch am Po so viel Platz wäre?"

„Und warum frage ich dich", echauffierte sich Karla, „warum gibt es keine kalorienfreie Schokolade? Hätte man das nicht schon längst erfinden können? Oder ein Gerät, das die Figur mühelos formt?" Ein dezentes Hicksen begleitete den Vorwurf und zeigte, dass Karla ihren Pegel fast erreicht hatte.

Ellen, die sich etwas zurückgehalten hatte, grinste. „Meine Oma hat immer gesagt: *Das Leben könnte so schön sein, wenn die Mücken statt Blut, Fett saugen würden?"*

Begeistertes Kichern bestätigte diesen Vorschlag.

„Ja, Großmütter sind weise", setzte Sonja fort, „meine hat mir immer eingehämmert: *Trau niemals den leuchtenden Augen eines Mannes, es könnte die Sonne sein, die durch einen hohlen Kopf scheint."*

„Genau", stimmten die anderen begeistert zu und Karla schlug vor, erneut anzustoßen.

„Trinken wir darauf, dass wir auch ohne Männer gut auskommen können, denn die sind zweifellos dümmer als Frauen!"

„Na ja, so hart würde ich es nicht formulieren", wandte Sonja ein.

Doch Karla wischte den Einwand beiseite. „Natürlich sind sie dümmer! Oder hast du jemals von einer Frau gehört, die ihren Mann nur wegen der hübschen Beine und der Oberweite geheiratet hat?"

Begeistertes Kichern antwortete ihr, bis Ellens Äußerung die Stimmung mehr ins Melancholische veränderte

„Ich hatte nach meiner Scheidung auch definitiv mit Männern abgeschlossen. Aber eigentlich wäre es schon schön, wenn es da wieder jemanden gäbe, der mein Herz schneller schlagen lassen würde. Mit jemandem zusammenziehen, will ich eigentlich nicht, aber gemeinsam etwas unternehmen, das wäre echt toll. Aber wahrscheinlich sind die treuen Männer so selten wie die legendären Einhörner."

In Ellens Seufzer setzte Sonja fort. „Mir fehlt das Kuscheln und sich auch mal anlehnen können."

„ Das reicht mir nicht", meldete sich Karla, die jetzt auch schon zum Weltschmerz neigte. „Kuscheln ist ja ganz schön, aber so eine richtig heiße Liebesnacht, Mädels…. Schade, dass wir darauf verzichten müssen."

Annie stimmte ihr schon leicht verschlafen zu. „Also wenn ich

Tommy wieder finden würde, diesmal würde ich sofort mit ihm gehen. Das war damals mein größter Fehler, ihm nicht zu glauben. Wie oft ich das schon bereut habe! Und noch heute, wenn ich jemanden sehe, der ihm auch nur ähnlich ist, bleibt mir fast das Herz stehen."

„Ja, die Jugendliebe, das ist so eine ganz besondere Sache." Sonja legte den Arm um Annies Schultern. „Bei Frank und mir war es auch so. Der erste Blick in seine Schokoladenaugen ging schon so tief, dann wollte ich keinen anderen mehr."

„Und hast überhaupt nicht mitbekommen, mit welchem Dackelblick andere dir nachgelaufen sind, ohne eine Chance zu haben." Ellen konnte sich noch sehr gut erinnern. „Aber man weiß nie, ob das Leben nicht eine zweite Chance parat hält.

Und für euch", wandte sie sich an Annie und Karla, „ist das jetzt die letzte Chance auszutrinken, Sonja, würdest du uns bitte ein Taxi rufen. Ich bringe diese leicht angesäuselten Damen besser nach Hause."

Noch während sie redete, hatte Ellen den linken Arm um Karla und den rechten um Annie geschlungen und führte sie zur Tür.

„Tschüss Sonja, wir sehen uns nächste Woche bei mir, eine Stunde früher. Zieh dich zünftig an, es geht um Bewegung."

Am nächsten Morgen schmunzelte Sonja immer noch, wenn sie an den vergangenen Abend dachte. Das war wirklich Wein,

Weib und Geheul gewesen, wie in alten Zeiten.

Als Sonja gefrühstückt und ihre Wohnung wieder in Ordnung gebracht hatte, klingelte das Telefon.

„Sonja", röchelte Annie, „kann ich dir mein Testament diktieren, ich glaube ich sterbe!"

Sonja musste grinsen, ein fetter Kater war bei dieser Menge Wein zu erwarten gewesen.

„Du hattest gesagt, ich sollte etwas einnehmen, aber ich habe es auf dem Heimweg verloren. Kannst du es mir bitte mailen, damit ich es beim nächsten Mal weiß. So und jetzt esse ich einen Rollmops."

Sonja schüttelte amüsiert den Kopf. Sie hatte für solche Anlässe, die früher natürlich häufiger waren, immer ein homöopathisches Mittel parat und hatte die anderen auch vorausschauend damit versorgt.

5 Globuli Nux vomica in der C200 abends vor dem Schlafengehen und der Morgen danach kann ein fröhlicher Morgen sein.

Diese Empfehlung mailte sie Annie zur Sicherheit.

Dann rief sie Wendy im Spa an und vereinbarte einen Termin für den übernächsten Tag, da öffnete das Spa erst am späten Nachmittag und Wendy konnte sich ausreichend Zeit für den Kleiderschrank nehmen.

Als Wendy sie fragte, ob sie sie auch weiter empfehlen könne und ob sie einige Flyer zum Auslegen habe, ging Sonja auf, dass aus dem Freizeitspaß Ernst würde. Dass sie jetzt eine richtige Geschäftsfrau sein müsse, mit Visitenkarten und Flyern.

Und natürlich brauchte sie Nachschub für weitere Farbpässe.

Was Karla am Vorabend gesagt hatte, war ihr in Erinnerung geblieben, weil es genau ausdrückte, was sie sein wollte.

Eine gute Fee für Kleiderschränke und so sollte es auch auf ihrer Karte stehen.

Nachdem sie ihre Entwürfe Ellen gemailt hatte, wozu hat man schließlich Freundinnen, wartete sie gespannt auf deren Reaktion, die auch nicht lange auf sich warten ließ.

Ellen hörte sich ausgeschlafen und erholt an, offensichtlich hatte sie ihre Kügelchen nicht verloren. „Ich habe ein paar winzige Änderungen gemacht, sonst sehen die Visitenkarten schon sehr gut aus. Mit dem Flyer würde ich an deiner Stelle noch warten. Wenn dir Wendy erlaubt Vorher-Nachher-Fotos zu machen, hättest du einen überzeugenden Hingucker."

„Oh, das ist eine Superidee", freute sich Sonja, „das hätte mir auch einfallen können. Das habe ich nämlich bei mir schon gemacht. Die Fotos kann ich dir gerne mailen, du kannst besser beurteilen, ob die Qualität ausreicht."

„Hast du dir schon überlegt, was du als Honorar nehmen willst?" Ellen, die ihre Freundin gut kannte, legte wie immer den Finger sofort auf die Wunde.

„Ach ich weiß nicht." Sonja geriet ins Stottern. „Ist sie nicht eine Freundin von dir…"

„Und willst du sie deshalb beleidigen? Sieht sie für dich aus, wie ein Sozialfall?"

„Aber nein, ich dachte nur…."

„Wir waren im Spa sehr zufrieden und das drückt sich auch im Honorar aus. Wendy wird das genauso handhaben."

„Du hast wie immer recht. Ich glaube, ich muss mein Selbstbewusstsein mal ein bisschen aufpolieren. Aber das kommt wieder. Meinst du 100 Euro sind in Ordnung?"

„Nimm 150, du bist es wert!"

Noch Stunden nach dem Telefonat spürte Sonja, dieses angenehm warme Gefühl in ihrer Brust. Freundinnen waren schon eine tolle Erfindung und ihr Leben hatte nur durch diese drei und das Programm innerhalb so kurzer Zeit eine rasante Wendung genommen. Vorbei die Zeit, als ihr alles gleichgültig und ihr das Leben fast entglitten war. So langsam lief sie wieder zu ihrer früheren Form auf und es fühlte sich gut an. Noch am Abend schmunzelte sie und sang leise vor sich hin. Sie hatte nicht die Spur von Aufregung vor ihrem ersten Geschäftstermin, sie freute sich sogar darauf.

Schon auf dem Heimweg davon rief sie Ellen mit ihrem neuen Smartphone an, um zu berichten. Sie schäumte regelrecht vor Begeisterung und hätte in der Bahn wildfremde Menschen umarmen können.

Wendys Garderobe zu ordnen. war eine Sisyphusarbeit gewesen, eine echte Herausforderung, weil sie unzählige Kleidungsstücke an unzähligen Orten besaß. Aber gemeinsam hatten sie eine Struktur gefunden, und die Kleidung für die unterschiedlichen Anlässen zusammengestellt.

Wendy würde den größten Teil der aussortierten Sachen über Ebay verkaufen, aber einige Stücke, an denen kleine Reparaturen nötig waren, hatte Sonja vor der Kleidertonne gerettet.

Wieder Zuwachs für den Versand, freute sie sich.

Nicht nur Sonja, auch Wendy war höchst zufrieden gewesen und würde sie weiter empfehlen. Jetzt könnte sie sich auch trauen, einen Teil ihres Festgeldes in einen Fonds anzulegen, denn jetzt hatte sie eine rund herum großartige Zuverdienstmöglichkeit gefunden. Tolles Wort, dachte sie ironisch und verdreht innerlich die Augen. Sie würde Karla nach den Fonds fragen, wenn sie sich bei Ellen trafen. Die hatte zwei Überraschungen angekündigt, was das wohl sein mochte?

6. Kapitel,

in dem es fast zu sportlichen Höchstleistungen kommt und
alte Bekanntschaften intensiv erneuert werden

Zum Weiberabend bei Ellen hatte sich Sonja, wie gewünscht, zünftig angezogen, das hieß Jeans und Sportschuhe. Auf keinen Fall würde sie mit einem hautengen Fitnessdress herum hüpfen. Essen sollte auch nicht mitgebracht werden, vielleicht war ja das die Überraschung.

Kurz vor dem Eingang traf sie auf Annie, die offensichtlich ebenso großen Anlass zur Freude hatte, wie sie. Wie früher federte sie mit den Füßen auf der Stelle.

„Oh, Sonja, ich muss dir unbedingt etwas erzählen. Ich habe einen Job! Einen richtig guten Job. Karla hat mir das vermittelt. Sie rief mich an, um zu fragen, wie sie am besten mit dem Wok umgehen muss, den sie aus Asien mitgebracht hat.

Als ich es ihr erklärte, sagte sie mir, der Sohn des Firmenchefs, für den sie die Buchhaltung macht oder war es der Enkel? Egal, jedenfalls suchen sie jemanden, der in einem Küchenstudio unterschiedliche Küchengeräte erklärt und die Anwendung demonstriert. Und das bin jetzt ich. Ist das nicht toll! Ich könnte die ganze Welt umarmen, ich fange mit dir an!"

Und schon warf sie ihre Arme um Sonja und drückte sie herzlich an sich.

„Es ist nur einmal in der Woche, aber sie bezahlen sehr gut. Und jetzt kann ich auch ordentlich ansparen. Du sagst gar nichts dazu? Na ja, ich lass dich ja auch nicht zu Wort kommen."

Sonja lachte. Das war Annie, wie sie früher war, übersprudelnd vor Energie. „Das trifft sich gut, denn ich bin sprachlos vor Freude. Ich hätte nie gedacht, dass wir mit Ellens Programm so viel Spaß haben und so viel gewinnen, vor allem wir beide."

Noch während sie redeten, stieß Karla zu ihnen und bot einen absolut ungewohnten Anblick.

„Ist das etwa die Überraschung?" Sonja grinste. „Ich habe dich noch nie in Jeans gesehen, steht dir aber gut."

„Fand ich auch", murmelte Karla, „lasst uns endlich Ellens Palast besichtigen."

„Aber nur, wenn du versprichst, mir zwei Fonds vorzuschlagen. Ich bin jetzt auch so weit."

„Gratuliere", freute sich Karla, „die hast du morgen früh. Dann mal los!"

Auch Karla und Annie waren sehr angetan von Ellens heller, gemütlicher Wohnung.

„ Jetzt kann ich schon erkennen, dass das deine Sommerfarben sind, früher hätte ich nur gedacht, wie an der Küste. Das hast du echt gut gemacht." Annie klopfte Ellen anerkennend auf die Schulter. Die lachte nur.

„Für den letzten Schliff war Sonjas Händchen zuständig. Aber die Idee hierher zu ziehen, war meine erste Maßnahme aus dem Programm gegen Jugendschwund und je mehr wir machen, umso besser finde ich es. Wenn ihr euch setzt, würde ich euch gerne etwas zu dauerhaften Bewegungsgewohnheiten sagen, die man für die körperliche Fitness braucht.

Meine Überraschungen kommen später, nehmt euch Apfelschorle, heute brauchen wir Kondition."

Nachdem sich alle um den gemütlichen runden Tisch versammelt hatten, nahm Ellen ihre Notizen zur Hand. „Also es gibt genau genommen eine gute und eine schlechte Nachricht."

„Die schlechte zuerst, dann haben wir es hinter uns."

Das war wieder typisch Annie, dachte Ellen, setzte dann aber fort.

„Unsere Muskelmasse reduziert sich jetzt in einem schnelleren Tempo als vorher, vor allem an den Beugemuskeln der Arme. Das kennt ihr, wenn ihr den Arm bewegt, wackelt das Teil ziemlich unappetitlich. Es kommt noch schlimmer, auch die Muskeln, die den Körper aufrichten und einen federnden, jugendlichen Gang ermöglichen, bauen sich schneller ab."

„Und jetzt die gute Nachricht", rief Karla, „wir ziehen Spanx an und die Elastik hält alles zusammen."

„Leider Nein! Gut ist, dass man gegensteuern kann. Wir müssen, um bei Buchstabenspielen zu bleiben, GAS geben. **G** steht für die Arbeit mit Gewichten, **A** für Ausdauertraining und **S** für

Spaß. Und es muss Spaß machen, das ist wichtig, sonst würden wir es nicht täglich machen wollen. Wir brauchen jetzt feste Gewohnheiten, solche Bewegung, die wir in den Tagesablauf einbauen können. Je länger wir das durchhalten, umso eher wird es uns normal erscheinen und umso besser werden wir uns damit auch fühlen. Ein trainierter Körper sieht immer jünger und knackiger aus."

Karla verzog enttäuscht ihr Gesicht. „Bisher habe ich es mit dem Spruch gehalten: *Ich liebe Sport, mache ihn aber selten. Es soll ja was Besonderes sein.* Jetzt scheint aber der Zeitpunkt gekommen, meine Systeme etwas besser zu warten. Was machst du denn konkret?"

„Danke für die Überleitung, Karla. Ich mache morgens etwas Gymnastik, vor allem für die Beweglichkeit und den Beckenboden. Das erspart mir hoffentlich Tena Lady.

Danach trainiere ich 5 bis 10 Minuten mit Gewichten, besonders den Bizeps und den Brustmuskel, die Übung wird auch Körbchenfüller genannt. Ich wusste, dass euch das gefallen wird, wir können das gleich üben. Während ich rede, macht ihr die Bewegung einfach nach. Nicht so toll, dass die Muskeln schluchzen, aber seufzen sollten sie schon."

Es klappte gut mit den Hanteln, die sich Ellen vorher von ihren Mitbewohnern zusammen geborgt hatte.

„Wenn ich das noch etwas weitermache, spare ich dann das

Silikon?" Annie, die doch eigentlich mit einer üppigen Oberweite gesegnet war, grinste Ellen an.

„Es geht nicht um Höchstleistung, sondern um Regelmäßigkeit", rief ihr Ellen in Erinnerung. „Also, das mache ich morgens, danach walke ich ungefähr eine halbe Stunde, dann trinke ich meinen Eiweiß-Shake und bin bereit für den Tag."

„Du trinkst das Eiweiß, weil du nicht so viel Fleisch essen willst, die Muskeln aber Ersatz brauchen, richtig?" Annie überlegte schon, das Konzept zu übernehmen. Aber wo sollte sie in ihrer Gegend morgens walken?

„Und das dritte, was ich mache, hat etwas mit Spaß zu tun, Bewegung, die Spaß macht, das kann nur Tanzen sein."

„Oh, schön, ich würde auch gerne mal wieder tanzen, aber alleine geht es nicht. Und zum Seniorentanz kriegen mich keine zehn Pferde, dort sind lauter alte Leute."

„Das musst du auch nicht." Wie die anderen grinste Ellen auch bei Karlas Gefühlsausbruch.

„Ich habe letztes Jahr mit Line Dance begonnen. Dort tanzt du alleine in einer Linie, es gibt zwar auch Paartänze aber das musst du ja nicht machen. Line Dance können wir machen, bis wir hundert sind oder darüber hinaus. Ich würde dazu liebend gerne Kurse geben oder auch Partys organisieren.

Für einen ersten Vorgeschmack, zeige ich euch heute einen Tanz für Beginner, den ihr mit Sicherheit ganz schnell beherrscht. Das machen wir aber nicht hier, sondern unten im Gemeinschaftsraum."

„Wie gut dass wir schon Jeans tragen", murmelte Sonja, „wenigstens das ist passend."

Der Boden des Gemeinschaftsraums war aus stabilen Holzdielen und passte hervorragend zu Ellens Absichten.

Leider war der Raum einfach zu klein, um dort auch einen Kurs zu organisieren. „Ich zeige euch einen Tanz, der Lindi-Shuffle heißt. Wenn ihr den beherrscht und daran zweifle ich bei euch nicht, könnt ihr den zu jeder Form von Country-Musik oder auch zu Schlagern tanzen. Aber vielleicht wollt ihr ja auch noch neue lernen.

Beginnen wir. Stellt euch bitte in diese Linie. Die ersten Schritte sind: Chassè right, rock back und Chassè left, rock back."

„Klingt gut", rief Karla. „Und was ist das?"

„Übersetzung kommt sofort. Wechselschritt kennt ihr doch noch von früher, Chassè right, ist ein Wechselschritt nach rechts, dann ein Schritt nach hinten, um sich abzustützen. Dann Wechselschritt nach links und wieder ein Schritt nach hinten."

Während sie sprach, demonstrierte Ellen die Schritte, die sofort von den anderen aufgenommen wurden.

„Das sieht aus wie Schritte aus dem Volkstanz", rief Sonja.

„Das ist ja kinderleicht."

„Es geht aber noch weiter. Jetzt tanzen wir den Shuffle forward, also den Wechselschritt nach vorne, zuerst rechts, dann links, dann tippen wir mit dem rechten Fuß auf, um uns drehen zu können. Das heißt Pivot, danach kommen nur noch zwei Stampfer oder in Englisch stomp, stomp."

„Das ist der ganze Tanz?" Annie, die sich so leicht wie früher bewegte, war überrascht. So unkompliziert hatte sie sich das nicht vorgestellt, aber umso besser. Nachdem alle die Schritte einige Male geprobt hatten und Ellen höchst zufrieden in die strahlenden Gesichter blickte, schaltete sie die Musik-Anlage ein.

„Wir beginnen mit den Bellamy-Brothers, mit *I need more you*, und wenn das klappt, probieren wir noch etwas anderes."
Jetzt müssten sich einige im Spiegel sehen, dachte Ellen, schade, dass es hier keine gibt.

Die strahlenden Gesichter ihrer Freundinnen erinnerten sie an ihre erste Begegnung mit Line Dance. Auch das war Liebe auf den ersten Schritt gewesen.

Nach der dritten Wiederholung des Liedes, das mit unverminderter Freude getanzt wurde, schlug Ellen vor, einen anderen Titel auszuprobieren.

Schon als die ersten Töne von *Blueberry Hill* ertönten, jubelten die ehemaligen Petticoat Girls. Das war früher eine ihrer Glanznummern gewesen und jetzt danach zu tanzen, war wie Schweben auf der Wolke der Erinnerung.

„Wir können daraus auch einen Kontratanz machen. Das heißt, wir stehen uns gegenüber und tanzen dann durch die Lücke."

Auch in dieser Form und zu *See you later, Alligator, Sugarbush* oder *Summertime Blues* klappte der Tanz so gut, dass alle auch die Texte schon wieder mitsangen.

Bis Ellen Pause machte und erneut Apfelschorle anbot.

„Das ist eine Superspitzenidee!" Annie sprudelte schon wieder über vor Begeisterung. „Wenn wir einen Raum finden und du Kurse gibst, ich bin sofort dabei!"

Auch die anderen waren hellauf begeistert.

„Ach Mädels", seufzte Karla, „es ist fast so wie früher. So könnte mir Sport echt gefallen."

Nachdem alle wieder zu Atem gekommen waren, widmete sich Ellen dem Ausdauertraining, in erster Linie dem Laufen.

„Für uns ist Walking besser geeignet als Joggen, es belastet die Knie nicht so stark und man hält die Vorgabe *Laufen ohne zu Schnaufen* besser ein. Übrigens ist das Walken nicht nur für die körperliche Fitness gut, sondern auch für Denken und Gedächtnis.

Sonja hing noch ihren Gedanken nach, die durch die Musik ausgelöst worden waren. Was waren das doch für aufregende Zeiten gewesen, als sie fünf noch Lieder aus den Fünfzigern gesungen hatten? Bei jedem Auftritt waren die Petticoat Girls bejubelt worden, aber das war nicht das wichtigste gewesen, sie waren wie Geschwister gewesen oder noch besser, richtig dicke Freundinnen. Wie hatten sie sich nur so aus den Augen verlieren können?

Ellen hatte in der Zeit noch einige Informationen zum Walken gegeben und forderte alle zu einer ersten Übung ins Freie auf.

„Und hier kommt meine erste Überraschung. Warum sollte ich euch das Walken zeigen, wo wir doch hier einen ehemaligen Sportlehrer haben, den ihr alle kennt."

In diesem Moment kam jedoch nicht nur ein Mann aus der Eingangstür, sondern es kamen zwei, die unterschiedlicher kaum sein konnten. Einer war groß und schlank, der andere etwas kleiner, aber deutlich muskulöser. Der größere hatte dunkle Augen und kurzgeschorene silbrige Haare, der andere moosgrüne Augen und rotbraune Locken, die nur an den Schläfen leicht ergraut waren.

Karla sah sie als erste. „Ich werde verrückt, der schwarze Peter und der wilde Tommy. Euch habe ich ja Jahre nicht gesehen."

„Dass du uns überhaupt wiedererkennst", wunderte sich der Größere.

„Gutaussehende Männer vergisst ein Mädchen nie." Beinahe hätte Karla mit den Wimpern geklimpert, rief sich dann aber zur Ordnung und überließ den anderen das Feld.

Auch Annie stand noch abseits und versuchte mit dieser Überraschung klarzukommen. Tommy hatte sich doch sehr verändert.

Sein hageres Gesicht hatte sich angenehm gerundet, desgleichen sein früher nicht vorhandener Bauch. Obwohl Bauch nicht stimmt, dachte sie, es war eher eine kleine Wölbung, die ihn trotz der Muskeln gemütlich wirken ließ.

„Warum hast du mich denn nicht vorgewarnt", zischte sie Ellen zu, „dann wäre ich noch mal zum Frisör gegangen."

„Weil ich das gar nicht wusste", gab ihr Ellen zur Antwort.

„Aber du hast von zwei Überraschungen gesprochen."

Annie hörte sich richtig verzweifelt an, dachte Ellen und beschloss ihr zu helfen. „Die zweite kommt noch", sagte sie leichthin. „Lass uns die beiden begrüßen."

Peter, der Sportlehrer lächelte beide an. „Ich wollte keine Verwirrung stiften, aber wenn ich mit euch walken gehe, brauche ich jemanden am Grill. Und da mein alter Kumpel Tommy hier ganz in der Nähe wohnt, habe ich ihn angerufen. Und wenn er vor Überraschung nicht mehr sprachlos ist, wird er euch bestimmt auch begrüßen."

Dem folgten allgemeine Umarmungen und manchmal auch mehr als nur Luftküsse.

Nur Annie und Tommy standen sich etwas verloren gegenüber, so als ob jeder darauf wartete, dass der andere den ersten Schritt tun würde. Annie war sich nicht sicher, ob sie auch nur einen Ton herausbringen könnte und Tommy war so überrascht, dass er sich erst mal sortieren musste.

Also passierte gar nichts, denn Tommy musste sich dem Grill widmen und Annie schloss sich etwas widerwillig ihrer Walking-Gruppe an.

Peter zeigte ihnen die typische Haltung, die fliegenden Arme beim Walken, die etwas längeren Schritte und die Geschwindigkeit.

Dann liefen sie gemeinsam los. Sonja fand das Walking sehr angenehm, daran könnte sie sich auch gewöhnen. Natürlich machte es nicht so viel Spaß, wie das Tanzen, aber es war einfach schön in frischer Luft zu gehen und sich trotzdem noch austauschen zu können.

Sie ertappte sich bei dem Gedanken, dass Peter früher eigentlich nicht so gut aussehend gewesen war, manche Männer gewannen wirklich mit zunehmendem Alter.

Peter hatte die Route gut gewählt, pünktlich nach dreißig Minuten kam eine gut gelaunte, aber auch hungrige Gruppe zum Ausgangspunkt zurück.

Dort hatte Tommy inzwischen schon echte Thüringer Bratwürste und Ministeaks vorbereitet und für Ellen ganz spezielle fleischfreie Halloumi-Spieße.

Gartenstühle waren schon im Kreis aufgestellt und ein Kasten mit Bier und Radler wurde von Tommys Hund Bello, einem prächtigen Golden Retriever, treu bewacht, obwohl er auch oft mit hungrigen Augen zum Grill sah.

Mit berechtigtem Hunger und noch mehr Appetit stürzten sich alle auf die Köstlichkeiten.

„Ihr könnt beruhigt essen", betonte Ellen, die sah, dass Annie zögerte. „Das ist alles Geflügel, also keine Gefahr."

„Wie ist das eigentlich", wandte sich Karla an Peter, „das Walken war sehr angenehm und ist bestimmt auch gesund, aber muss ich dass wirklich jeden Tag machen?"

Peter grinste sie nur an. „ Nein, nein, nur an den Tagen, an denen du dir auch die Zähne putzt."

Während alle lachten, schmunzelte Karla nur. „Scherzkeks! Schade, dass ich noch keine zum Herausnehmen habe, dann, hätte ich dich jetzt gelinkt, die putzen sich nämlich selbst. Aber im Ernst, lauft ihr wirklich alle jeden Morgen?"

„Wir schon", antworteten Ellen und Peter wie aus einem Munde.

„Tommy noch nicht, aber das kommt noch oder Alter?"

„Wer ist hier alt? Mit dir kann ich noch spielend fertig werden. Ich laufe deshalb nicht, weil ich noch an meinem Haus arbeite. Und morgens lässt sich besser streichen, weil es noch nicht so heiß ist. Sobald das Haus fertig ist, bin ich auch dabei, ich wohne ja gleich um die Ecke."

„Aber da wohntest du doch nicht immer, oder?" Sonja meinte, Tommy früher mehr in ihrer Nachbarschaft wahrgenommen zu haben.

„Nein, natürlich nicht." Es schien Tommy ein wenig peinlich im

Mittelpunkt der Aufmerksamkeit zu stehen, aber er beantwortete alle Fragen, weil er wollte, dass vor allem Annie seine Antworten hörte. „Ich hatte früher eine Sicherheitsfirma und habe auch in der alten City gewohnt. Aber letztes Jahr gab es ein paar Probleme bei einer Überwachung, glatter Durchschuss."
Alle starrten entsetzt auf die Narbe am Oberarm.

„Danach dachte ich mir, es wäre besser, ein ruhigeres, friedlicheres Leben zu haben. Also habe ich meine Firma verkauft und mir ein Haus im Grünen zugelegt. Langweilig war mir bisher nicht, es gab ja eine Menge zu tun. Wenn ich aber jetzt jeden Tag ein Klassentreffen vor der Tür habe, vielleicht verkaufe ich auch das Haus wieder".

„Blödmann!" Ellen boxte ihn an den gesunden Oberarm, „Es hätte genügt, zu sagen, dass du dich freust, uns wiederzusehen."
„Und du Peter, was hast du gemacht?" Sonja wagte sich als erste vor. „Von uns hast du sicher schon von Ellen gehört."
„Habe ich, ich weiß sogar schon über das Programm Bescheid und freue mich, dass ihr Bewegung mit eingeplant habt. Sport war schon immer meine liebste Beschäftigung, also habe ich Sport studiert und bis zur Wende an der Sporthochschule gearbeitet. Danach war es schwierig eine Stelle zu finden, schließlich bin ich als Sportlehrer im tiefsten Bayern gelandet. Meine Ehe hat diesen Ortswechsel nicht verkraftet, obwohl es so schlimm gar nicht war, man kann dort auch ganz gut leben.

Aber als ich dann die 65 endlich erreicht hatte, wollte ich nur eins, wieder nach Hause.

Und wie Ellen hat mich dieses Senioren-Projekt auch fasziniert. Aber dass ich Tommy als ersten treffe und danach die halbe Klasse, damit hatte ich nicht gerechnet. Das ist wirklich super."

Als sich alle gestärkt hatten und die letzte Wurst an den wachsamen Bello gegangen war, holte Ellen ihre Gitarre.

Und wie schon beim Tanzen, knüpften die ehemaligen Petticoat Girls nahtlos an frühere Zeiten an. Manchmal haperte es ein wenig bei den Texten, aber ihr Gesang klang noch genauso voll und klar wie früher.

Das fanden zumindest die Zuhörer, die sich mittlerweile um sie geschart hatten. Ganz offensichtlich gefiel auch ihnen der Mix aus *Weißer Holunder, Sugarbush, Moonlight* und *Seemann, deine Heimat ist das Meer*. Gerade als sie ihre Erkennungsmelodie *See you later, Alligator* wiederholt hatten, kündigte Ellen ihre zweite Überraschung an.

„Ich hätte vielleicht auch Chancen als Privatdetektivin gehabt, es ist mir nämlich gelungen, Vera zu finden. Das war meine zweite Überraschung."

Im gleichen Moment bog die Gesuchte auf den Gartenpfad ein.

„Sie sieht immer noch aus wie Dahlia Lavi", flüsterte Sonja, „nur die Haare sind anders."

„Die waren bei der echten zum Schluss auch silberweiß", wisperte Karla zurück und setzte etwas lauter fort: „Herzlich willkommen, jetzt sind wir wirklich die Silver Girls."

Sie breitete ihre Arme aus, um Vera zu umarmen und dann weiter zu reichen an die anderen, die sich alle über das Wiedersehen freuten. Nachdem die Zuhörer feststellten, dass keine Musik mehr zu erwarten war, hatten sie sich zerstreut und man war wieder unter sich.

„Wie hast du Vera eigentlich gefunden?" Sonja konnte kaum nachvollziehen, was seit Ellens Ankunft alles passierte. Vorher schien die Zeit tödlich langweilig zu vergehen und jetzt rasten de Geschehnisse in einer Geschwindigkeit, die schwer zu fassen war.

„Jetzt muss ich meinen Nimbus als Detektivin wieder zerstören, ich habe sie zwar gesucht, bei Stay Friends und anderen Portalen im Netz, aber dann habe ich sie ganz profan bei meiner neuen Bank getroffen. Ich hatte sie wegen der Haare fast nicht erkannt, aber als sie sich umdrehte, sind wir uns sofort in die Arme gefallen. Wir hatten aber noch gar keine Zeit, zu erzählen, also Vera, wo hast du gesteckt, wie ist es dir ergangen?"

Vera, die sich gerade ein Radler eingegossen hatte, blickte etwas müde in die Runde.

„Das ist keine schöne Geschichte, aber ich habe sie überlebt. Von Karla wisst ihr sicher, dass ich nach dem Studium meinen

Professor geheiratet habe. Wir hatten ein schönes Leben, ich im Außenhandel, Johannes als Dozent an der Uni. Wir sind viel gereist, leider hatten wir keine Kinder, nicht mal einen Hund. Nach der Wende hatten wir die gleichen Probleme, wie viele. Wir waren beide arbeitslos, als meine Tante Ottilie starb. Ihr wisst, welche Tante ich meine?"

„Na klar, die uns die Petticoats geschickt hat und so entsetzlich reich war." Annie konnte sich daran noch gut erinnern.

„Mit Hildegard Knef könnte ich jetzt sagen: *Von nun an ging`s bergab.* Und das war wirklich so. Mein Erbe betrug mehr als siebzehn Millionen. Damit hätten wir ein schönes Leben haben können. Aber meinem Mann, inzwischen Exmann, reichte das nicht. Er wollte ganz nach oben, ein richtiges Jet-Set-Leben führen, ein eigenes Flugzeug musste sein, ein Wagen mit Chauffeur, eine Villa am See. Die könnt ihr übrigens dort drüben sehen." Vera wies zum See, wo große, ausladende, weiße Häuser standen oder Protzvillen, wie Ellen es genannt hatte.

„All das wäre bei dem Erbe immer noch kein Problem gewesen. Irgendwann aber begann Johannes sich mit Leuten zu treffen, die dubiose Geldgeschäfte machten und für die müssten wir repräsentieren, betonte er dauernd. Nur zu diesem Zweck wurde ein riesiger Raum, fast ein Saal, an das Haus angebaut. Da hätte ich endlich reagieren sollen, ich hätte ihn stoppen müssen. Aber ich habe mich zurückgezogen und das arme Opfer gegeben. Bis es zu spät war und die Polizei vor meiner Haustür stand. Johannes wurde festgenommen, aber ich war endlich aufgewacht und habe sofort die Scheidung eingereicht."

„Oh du Arme." Ellen legte ihr den Arm um die Schulter. „Ich weiß, was man da durchmacht."

„Na ja, das war noch nicht alles. Ich hatte eine gute Anwältin und wir kriegten dieses beschleunigte Verfahren durch, weil wir keine Kinder hatten. Allerdings hatte ich dann auch kaum noch Geld, mein Riesenvermögen hatte sich in Luft aufgelöst, nachdem alle ihre Ansprüche geltend gemacht hatten. Und mein Exmann hatte sich nach der Freilassung abgesetzt, war einfach untergetaucht."

„Natürlich, schon wieder ein Kolumbus", rief Karla.

„Wieso Kolumbus?" Vera schaute etwas irritiert.

„Das erkläre ich dir später."

„Dass er weg ist, stört mich überhaupt nicht, je weiter, desto besser, aber ich würde das Haus gerne verkaufen. Allerdings stehen wir noch gemeinsam im Grundbuch und beide müssten einer Veräußerung auch zustimmen. Die Anwältin sagt, ich könne das Haus dann verkaufen, wenn mein Exmann für tot erklärt wurde, aber das dauert noch neun Jahre. Deshalb sitze ich jetzt in dem Kasten fest. Ich habe zwar einen guten Job gefunden und nutze die Wohnung im Dachgeschoss, aber der Rest hängt mir wie ein Klotz am Bein. Aber jetzt genug von mir, ich freue mich so, euch alle zu sehen und möchte die Stimmung nicht kaputt machen."

„Hast du Fotos von dem Raum?" Ellen beugte sich interessiert vor und musterte die Fotoserie, die Vera auf ihrem Tablet zeigte. „Wie hoch muss den die Miete für den Raum sein?"

Vera schaute sie etwas irritiert an. „Überhaupt nicht hoch, mir würde schon genügen, wenn die Grundsteuer und die einfachen Betriebskosten gedeckt wären, viel wichtiger ist doch, dass nicht alles leer steht."

Ellen lehnte sich zufrieden zurück uns grinste in die Runde. „Mädels, wir haben unseren Raum. Wenn ich mich nicht sehr irre, ist dieser Saal genau das, was wir suchen!"

Jetzt war auch das Interesse der anderen geweckt und mit Argusaugen wurde das Objekt der Begierde geprüft.

„Gibt es eine Küche in der Nähe?" Annie war die erste, die sich meldete.

„Und wie ist es mit Toiletten und elektrischen Anschlüssen?", setzte Ellen nach.

Vera war immer noch etwas neben sich. „Ich habe keine Ahnung davon, was ihr vorhabt, aber ja, das gibt es alles. Der Saal hat einen extra Eingang von außen, mit Parkplatz davor, das musste wegen der Gäste so sein. Innen gibt es eine voll eingerichtete Profi-Küche, Vorratsräume, Toiletten, sogar eine Dusche. Im Saal ist eine fest installierte Musikanlage, auf der DJs aufgelegt haben. Nur Möbel gibt es dort nicht mehr, die wurden alle verkauft. Ihr könnt es euch gerne ansehen, aber jetzt erzählt mir erstmal, was ihr vorhabt und wieso wir hier fast ein Klassentreffen haben."

Es wurde wieder ein langer Abend, bis Vera von allen und von dem besonderen Programm und ihren zusätzlichen Wünschen gehört hatte und sie gemeinsam die Besichtigung des Raumes für die kommende Woche geplant hatten.

Als sie gehen wollten, fragte Sonja: „Wo ist eigentlich Annie, die habe ich schon eine ganze Weile nicht gesehen?"

Ellen grinste und deutete in Richtung See. „Vorhin habe ich sie noch gesehen. Sie sitzt mit Tommy auf der Bank dort hinten. Ich glaube, sie knutschen."

„Halleluja!", rief Karla, „wenigsten eine erfüllt den Punkt 6, hoffentlich kommen wir auch noch dahin!"

7. Kapitel,

in dem sich vieles findet: Neue Geschäftsideen, ein Raum für alle Wünsche und unter der Asche immer noch Glut

Bis zum Termin bei Vera hatte Sonja wieder einmal volles Programm. Für den nächsten Tag hatte sie einen Geschäftstermin als gute Fee der Kleiderschränke, auf den sie sich gewissenhaft vorbereitete.

Die Garderobenstange im Abstellraum würde etwas voller werden, nachdem sie noch einige Sachen aus der Reinigung abgeholt hätte. Einige kleine Reparaturen waren auch noch fällig und schließlich wollte sie auch endlich die Voraussetzungen für den dauerhaften Geldregen schaffen.

Doch die Vielzahl der Aufgaben schreckte sie nicht. Summend erledigte sie das Geplante und fand auch noch die Zeit, nach den Noten und Texten der früheren Auftritte zu suchen, die zwar aufbewahrt, aber noch nicht geordnet waren.

Beim Suchen stieß sie auf ihre alten Anleitungen für die Callanetics-Gymnastik. Das könnte ich doch gleich nach dem Aufstehen machen, dachte sie. Die Übungen kenne ich noch und wenn die Taille wieder etwas schmaler würde, wäre das auch nicht zu verachten. Fest entschlossen, schon morgen damit zu beginnen, stellte sie ihren Wecker eine halbe Stunde früher.

Inzwischen hatte sie sich schon wieder daran gewöhnt, einen ausgefüllten Tag zu haben. Wie gut, dass es das Programm gegen Jugendschwund gibt, dachte sie oft, und wie gut, dass ich wieder so tolle Freundinnen habe.

Als endlich der große Tag heran war, der für ihre Geschäftsideen entscheidend sein sollte, trafen sich alle zunächst bei Ellen, weil sie die größere Ortskenntnis hatte. Aber eigentlich lauerten sie vor allem auf Annie, die prompt aus der falschen Richtung erschien.

Wie üblich war Karla die erste, die direkt fragte. „Wie war`s? Wir wollen alles wissen, lass keine Details aus. Hab Mitleid mit Frauen, die nicht so gut bedacht sind, wie du."

Aber Annie grinste nur und schloss mit der Hand über ihrem Mund einen imaginären Reißverschluss. „Meine Lippen sind versiegelt. Ich sage nur: Unter der Asche ist noch Glut, und was für welche!" Dann fiel sie allen um den Hals, um ihre Freude zu teilen.

„Diesmal mache ich es richtig. Tommy hat mir verziehen und diese Chance für uns, lasse ich mir nicht noch mal entgehen. Wir brauchen keine lange Wartezeit, nächste Woche ziehe ich zu ihm."

„Das ist unsere Annie, anlegen, zielen und feuern", rief Karla.

„Aber diesmal triffst du auch wirklich ins Schwarze", ergänzte

Sonja. „Gratuliere, wir freuen uns alle so für dich. Wenn du Hilfe brauchst, sag Bescheid."

Als Ellen die Zeit anmahnte, beeilten sich alle, ihr zu der wirklich prächtigen Villa zu folgen.

Das zweistöckige weiße Gebäude bot einen grandiosen, aber etwas ungewöhnlichen Anblick. An das untere Geschoss hatte man einen rechteckigen Flachbau angeschlossen, der oben von einer großzügigen Dachterrasse gekrönt wurde. Vera stand an der Eingangstür des Saales und erwartete sie schon. Einladend öffnete sie die Flügeltüren weit und bat alle zur Besichtigung.

Die vier blieben zunächst überrascht stehen und starrten in den Raum, dessen helle Wände einen deutlichen Kontrast zu den dunkelbraunen, stabilen Holzdielen bildeten.

„Der Raum ist super", freute sich Ellen. „Damit meine ich nicht nur für das Tanzen. Das sind doch bestimmt 80 m²?"

„Etwas mehr, 82 m²", antwortete Vera. „Falls wir zwei Räume brauchen, kann man auch noch Ziehharmonika-Türen nutzen und den Raum teilen. Lasst uns die weiteren Räume ansehen, dann können wir uns oben in meiner Wohnung ausmalen, wie es werden könnte."

Also besichtigten sie zwei Vorratsräume, zwei Toiletten, eine Dusche und die Küche, in die sich Annie sofort verliebte.

„Ich fasse es nicht, eine riesige Kücheninsel, das habe ich mir schon immer gewünscht. Sechs Arbeitsplätze, das ist wie ge-

macht für meine Kurse. Und die Gas-Herde, und der Kühlschrank mit Eiscrusher! Lasst mich hier, ich übernachte in meiner neuen Lieblingsküche!"

„Na, da würde sich aber ein gewisser Jemand sehr wundern",
wandte Sonja ein. „Aber mir geht es genauso, wir haben hier
alles, was wir uns gewünscht haben."

„Dann lasst uns nach oben gehen, ich habe auf der Terrasse gedeckt, dort ist es jetzt angenehm kühl."

Aber zuvor wurde natürlich auch die Wohnung besichtigt, die zu
Annies Enttäuschung überhaupt nicht aussah, wie bei Millionä-
ren, sondern sehr geschmackvoll in klassischem Stil, mit einem
Touch Skandinavien eingerichtet war.

Helle Birkenmöbel und noch helleres Parkett mit ausgesuchten
Einzelmöbeln in weiß, boten trotz der kühlen Farben eine gemütliche Atmosphäre. Im Flur stießen sie auf zwei weiße
Schränke, die vom Boden bis zur Decke reichte. „Ist das etwa
alles für deine Schuhe?" Annie war zufrieden, doch etwas gefunden zu haben, das auf Reichtum hinwies.

Vera lachte etwas verlegen. „Da geht es mir wie vielen Frauen.
Für uns sind Schuhe Rudel-Tiere, die wollen nicht alleine sein.
Aber das ist mein einziges Laster, sonst bin ich sehr sparsam
geworden. Ich hätte auch nichts dagegen, von Karlas Geldtipps
zu profitieren."

Mittlerweile waren sie an der Küche, aus der es so intensiv nach

Fisch roch, dass Karla sofort das Gesicht verzog, aber Vera beruhigte sie. „Ich habe deine Abneigung nicht vergessen, die Schnitzel aus Seelachs sind für die anderen, du bekommst deins selbstverständlich aus Putenfleisch."

Aber natürlich nicht, bevor Annie alles inspiziert hatte. „Womit hast du paniert?"

„Mit einer Mischung aus Leinsamen und Walnüssen, natürlich grob gemahlen."

„Super! Besser hätte ich es auch nicht machen können." Annie war angenehm überrascht, wie gut Vera sich schon dem LOVE-Prinzip angepasst hatte.

Nach den knusprigen Schnitzeln, gab es noch Eiskreationen aus Matcha, Minze und Schokolade und danach noch einen Cappuccino.

Karla stöhnte vor Genuss und rieb sich den kaum noch vorhandenen Bauch. „Das schmeckt echt lecker, aber wenn ich jetzt noch weiteresse, habe ich keine Energie mehr zum Denken. Lasst uns lieber loslegen. Also, ich wäre für diesen Raum, die Maße sind optimal für die Kurse und der Zugang von außen ist äußerst praktisch. Interessenten finden wir sicher im Senioren-Projekt oder auch in dem Viertel, wo ich wohne. Die Vorratsräume würden sich auch wunderbar für den Online-Versand eignen."

„Ich stimme ebenfalls für den Saal", bestätigte Ellen. „Ich würde sogar noch weitergehen. Der Fußboden schreit doch regelrecht nach Tanzen. Warum sollten wir nur Kurse machen, warum nicht auch Partys? Vielleicht zwei Mal im Monat, einmal eine Line Dance Party und einmal eine Party mit Musik der Fünfziger?"

„Der Boden ist aus Hartholz, der hält einiges aus", betonte Vera. „Der Raum ist auch geräuschgedämmt, aber nach 22.00 Uhr dürfen wir im Wohngebiet keinen Lärm machen."

„Vera, ich bitte dich", konterte Ellen, „die Leute, die wir einladen oder anziehen werden, die liegen um diese Zeit schon in den Betten."

„Wir könnten der Treffpunkt des ganzen Viertels sein. Abgesehen von meinen Kursen, für die die Küche absolut ein Traum ist, könnten wir einmal im Monat einen Brunch machen oder einen Kaffeklatsch. Da brauchte ich aber Ellens Unterstützung" Annie war schon voller Enthusiasmus, auch Sonja war in Gedanken schon beim Einrichten der Räume.

„Ich stimme auch für den Saal, vor allem, weil man ihn teilen kann. Aber wenn wir das machen wollen, brauchen wir doch auch Schränke, Stühle, Tische, Geschirr und anderes mehr. Wir müssten auch die Wände nochmal streichen, das heißt, wir müssten erstmal investieren. Und ich habe gerade meine ersten Anlagen gemacht, das kann ich doch jetzt nicht schon wieder rückgängig machen."

„*Immer langsam mit die jungen Pferde.*" Karla wiederholte gerne die Lebensweisheiten ihrer ostpreußischen Großmutter.

„Wenn wir uns einig sind, dass wir die Kurse, die Partys und den Versand von hier machen wollen, müssen wir einen Plan aufstellen. Wie hoch ist die Miete, wie hoch ist der Gründungsaufwand, wie hoch sind die laufenden Kosten, welche Rechtsform wählen wir, wer macht was und wie verteilen wir die Gewinne?"

Das letzte betonte sie mit einem Lächeln, weil sie einige mutlose Gesichter sah.

Vera hatte sich auch gut vorbereitet. „Zum Gründungsaufwand kann ich nichts sagen, aber zur Miete. Mir würde eine Monatsmiete von 100 Euro genügen, damit wären Grundsteuer und kommunale Abgaben gedeckt. Betriebskosten gehen extra."

Ellen, die sich eifrig Notizen gemacht hatte, sah in die Runde. „Das ist zu stemmen. Ich kümmere mich gleich um die rechtlichen Dinge. Im Nebenblock ist ein Rechtsanwalt eingezogen, den halte ich mir warm."

„Ein Anwalt zieht auch in die Platte?" Sonja war sprachlos. Ellen lachte. „Nicht jeder ist so ein Snob wie du. Der Anwalt hatte vor einiger Zeit den zweiten Herzinfarkt. Das war ein Warnschuss, weswegen er komplett aus seinem alten Leben ausgeschieden ist. Ich habe ihn schon für unser Programm gekapert, der wird uns bestimmt helfen."

„Wie ist es eigentlich mit dir Vera, willst du dich voll beteiligen?"

„Ich würde gerne, wenn ich es irgendwie einrichten kann, ich habe ja noch einen Job."

„Was genau machst du denn?" Das wollte Sonja eigentlich schon zu Beginn fragen.

„Als ich nach der Scheidung Arbeit suchte, hatte ich wirklich Glück, dass mir frühere Bekannte geholfen haben. Jetzt schreibe ich Texte für Kataloge, von kleinen, feinen und meist auch teuren Handwerksbetrieben."

„Na, das passt doch, wie bestellt", rief Ellen und begann in groben Zügen zu skizzieren, welche Vorstellungen sie sich für einen Online-Versand der besonderen Art gemacht hatten und dass Veras Fähigkeiten genau dazu passten.

„Das ist super, natürlich bin ich dabei. Für den Second Hand Bereich habe ich auch einiges. Und die Idee von Sonja, die Garderobe zu nutzen die First Class ist, aber kleine Schäden hat, die ist echt gut. Ich kenne einige Frauen, die froh wären, wenn wir ihnen die Sachen abnehmen.

Und für Accessoires gäbe es auch Nachschub, ich kenne eine Frau, die Insolvenzverwertung macht. Da finden wir Tücher, Schals und Handschuhe." Vera lehnte sich wieder zurück.

„Möchtest du auch Kurse geben?" Ellen sah von ihren Notizen auf.

„Kurse kann ich leider nicht geben, aber ich könnte die Öffent-
lichkeitsarbeit übernehmen. Wenn wir verkaufen wollen, egal ob
Mode oder Kurse, müssen wir bekannt sein. Und da ich mittlerweile fast jeden kenne, der etwas zu sagen hat, passt das sehr
gut. Ich könnte auch die Fotos machen, das ist ein Hobby von
mir."

Karla, die sehr zufrieden über die rasche Klärung wirkte, fasste
noch mal zusammen. „Ich kümmere mich um den Business-Plan
und die Kostenaufstellung, Ellen klärt die Rechtsform, Sonja
und Vera sind zuständig für die Beschaffung und Annie…"

„Annie macht erstmal einen Umzug. Und wenn ihr bis zum
Weiberabend nächste Woche alles geklärt habt und mir noch ein
wenig beim Umzug helfen könntet, dann treffen wir uns anschließend in Tommys Garten, der jetzt auch meiner wird. Kü-
chenkräuter habe ich schon gepflanzt."

8. Kapitel,

in dem eine Jugendliebe endlich siegt, die Petticoat Girls zu Silver Girls werden und Löffel eine Rolle spielen

Wie immer war Sonjas Tag nach dem denkwürdigen Treffen bei Vera mit Aufgaben angefüllt, die ihr Freude machten. Sie begann die gesammelte und vorbereitete Kleidung aufzulisten und mailte Karla alle Anforderungen, die aus ihrer Sicht für den Versand und ihren Kurs notwendig wären und Kosten verursachen würden.

An zwei Tagen half sie Annie ihre Sachen zu packen und die letzten Sachen der Mutter zu entsorgen.

Wenn sie dann abends nach Hause kam, war sie rechtschaffen müde und schlief wieder tief und fest, wie früher. Sie hätte auch gerne etwas vorbereitet, um Annie in der neuen Wohnung eine Freude zu machen, hatte aber keine zündende Idee, bis sie Tommy zufällig auf der Straße traf.

Wie üblich druckste er erst ein Weilchen herum und machte Small talk, bis er sie endlich um Hilfe bat, um Annie zu überraschen.

„Du weißt doch, dass ich das Haus gerade erst saniert habe, es ist zwar alles eingerichtet, aber nicht so, dass sich eine Frau willkommen fühlt. Ich würde Annie gerne mit einem tollen Schlafzimmer überraschen. Könntest du es dir mal ansehen?

Vielleicht hast du eine gute Idee? Ich habe leider keine, aber ich würde sie so gerne beeindrucken."

Da Sonja noch etwas Zeit bis zum nächsten Termin hatte, fuhr sie mit Tommy zu seinem Haus, das ganz in der Nähe von Karlas Wohnung lag und durch eine kleine Grünfläche von der Straße abgeschirmt war.

Tommy hatte ganze Arbeit geleistet und aus dem alten Haus etwas Bemerkenswertes gemacht, stellte sie anerkennend fest, noch kein Schmuckstück, aber einen wunderbaren Rohling. Nachdem sie alles angesehen hatte, machte sie sich Notizen, maß die Fenster und das Bett aus. Tommy, der ihr ständig auf dem Fuß folgte, versuchte in ihrem Gesicht zu lesen, bis sie fragte. „Wie viel Geld willst du einsetzen?"

„Soviel du brauchst, es soll so schön werden, dass sie bleiben will, am besten für immer."

„Gut, dann gehen wir jetzt einkaufen, ich bereite alles vor und am Tag des Umzugs lenken wir Annie so lange ab, bis alles fertig ist, okay?"

Tommy blickte sie jetzt so erleichtert an, als wäre ihm gerade der sprichwörtliche Stein vom Herzen gefallen und nun würde alles gut werden.

Am Tag des Umzugs, der von Ellen professionell gemanagt wurde, fing Sonja schon früh mit ihren Dekorationen an.

Tommy hatte sie abgeholt und zu seinem Haus gefahren,

während alle anderen noch in Annies Wohnung beim Packen und Verladen waren.

Sonja besah sich das Zimmer und schüttelte den Kopf.

Typisch Mann, dachte sie, gut dass sie auf alles vorbereitet war. Schnell öffnete sie ihren Korb mit den Reinigungsmitteln und begann die Fenster zu putzen. Wenigstens an eine Leiter hatte Tommy gedacht. Als die Fenster vor Sauberkeit blitzten, brachte sie die neuen, duftigen, weißen Spitzengardinen an und darüber noch einen leichten Behang in Annies Lieblingsfarben, sonnen-gelb und apfelgrün.

An die Wand, die man vom Bett sehr gut sehen konnte, hängte Sonja zwei Bilder, ebenfalls in einem grünen Rahmen, zarte Aquarelle mit erotischen Szenen, die Sonja mal auf einem Flohmarkt erstanden hatte.

Zufrieden mit dem Anblick, wischte sie auch das Zimmer schnell durch. Nachdem sie die neue Patchwork-Decke in weiß mit gelben Rosen über die Betten gebreitet hatte, stellte sie noch zwei Grünpflanzen auf die Fensterbank.

Gut, dass ich mich an Annies Vorliebe für Rosen erinnert habe, dachte sie, als sie als krönenden Abschluss noch duftende gelbe Rosenblätter über die Decke streute.

Sie war genau zum richtigen Zeitpunkt fertig geworden, denn das Handyklingeln signalisierte ihr die Ankunft der anderen.

Zuerst kamen Ellen und Karla, die von Peter gefahren wurden.

Als sie ausstiegen, sah Sonja auch noch einen Helfer, den sie nicht kannte, der aber im gleichen Alter zu sein schien, wie sie alle. Er war ziemlich braungebrannt, hatte ein freundliches Gesicht und schien offensichtlich schwere Arbeit gewöhnt zu sein, so mühelos, wie er die vollgepackten Bücherkisten trug.

Und da er mit freiem Oberkörper arbeitete, konnte man auch ein beachtliches Muskelspiel wahrnehmen. Sonja fiel gleich auf, mit welchen Blicken Karla dieses Muskelpaket fast verschlang. Annies Beispiel schien sie alle ein wenig anzustecken.

Als der erste Wagen entladen war, kamen auch Tommy und Annie mit einem Kleinlaster.

„Das meiste in diesen Kisten gehört in die Küche" rief Annie.

„Alles andere kann warten. Kann mir mal jemand mit diesem Topf helfen?"

Gerade als Sonja zufassen wollte, griff auch Peter nach dem Griff. „Oh", sie zuckte zusammen, ganz schön heiß. „Was hast du denn in dem Topf, Annie?"

„Wenn wir abgeladen haben, werden alle hungrig sein. Ich habe ein Chili con carne vorgekocht, es muss nur noch aufgewärmt werden."

Der Topf war kalt? Wieso hatte sie denn dann das Gefühl, sich verbrannt zu haben? Sonderbar! Oder war es Peters Hand gewesen? Ach, Quatsch, so etwas gab es doch nur im Kino. Gemeinsam mit Peter trug sie den Topf in die Küche und winkte

Tommy verstohlen zu.

Er nickte kurz, überzeugte sich, dass seine Liebste noch beschäftigt war und folgte dann Sonja Richtung Schlafzimmer, wo er wirklich staunen konnte.

„Wow, das wird ihr gefallen! Sonja, du bist ein Engel. Meinst du, ich sollte es ihr jetzt gleich zeigen?"

„Sicher, das bisschen Auspacken schaffen wir mit Sicherheit auch alleine."

Aber keiner der anderen wollte auspacken, jeder wollte die Überraschung sehen, die Tommy gerade ankündigte. Wie vermutet, flossen bei Annie sofort die Tränen.

„Oh Tommy, das ist ja so romantisch! Danke, danke!"

Sie umarmte ihn mit einem solchen Schwung, dass sie beide auf das Bett fielen. Sonja scheuchte die Zuschauer aus dem Zimmer und schloss behutsam die Tür.

Dann begannen sie nach Anweisung von Ellen, die Bücher einzuräumen, die Küchenschränke zu bestücken, Annies Kräutertöpfe auf dem Fensterbrett zu verteilen, ihren Lieblingssessel neben dem Bücherregal zu platzieren, immer mit einem Ohr in Richtung Schlafzimmer.

Nach einer Stunde, als sie gerade die letzten Kartons zusammen gefaltet hatten, öffnete sich die Tür und Annie und Tommy betrachteten ihre Freunde strahlend.

„Das war die schönste Überraschung überhaupt, danke Sonja,

das hast sicher du gemacht."

Und auch Sonja wurde gedrückt und geherzt.

„Du kannst gleich weitermachen", sagte Sonja, „denn das war eine Gemeinschaftsaktion, die Geldbäume auf dem Fensterbrett sind von Ellen und Karla und die Idee natürlich von Tommy."

Und wieder wurde von Annie umarmt und geküsst, bis sie sich an ihre Helfer erinnerte.

„Ich könnte zurzeit wahrscheinlich von Luft und Liebe leben, aber ihr sicher nicht! Ich rieche mein Chili, ihr habt es schon heiß gemacht. Lasst uns essen, sobald wir Teller finden."

Aber auch daran hatten die Helfer gedacht.

In Tommy Garten war ein großer, runder Tisch schon vorbereitet. Nachdem fast alle Platz genommen hatten, brachten Peter und der Neue ein kleines Bierfass und stellten es auf einen Hocker neben dem Tisch. „Hier drin ist die notwendige Feuchtigkeit, damit die Tapeten im Haus nicht von den Wänden fallen. So etwas ist bei einem Einzug unbedingt erforderlich", erklärte Peter ernsthaft, aber dann mit einem Lächeln.

Begeisterter Beifall bestätigte ihn und einigen erschien das auch dringend notwendig, denn wie alle verliebten Köche, hatte Annie kräftig gewürzt.

„Wen hast du eigentlich mitgebracht?" Karla konnte ihre Neugier nur sehr schwer verbergen.

„Das ist Wenzel, er wohnt eine Etage über mir, walkt auch morgens in unserer Gruppe und ist Gärtner, oder?"

„Ich war Landschaftsgärtner, ich habe neue Gärten angelegt, aber auch alte an Schlössern restauriert. Das fehlt mir jetzt ein wenig, leider kenne ich auch kaum jemanden hier, dem ich im Garten etwas unter die Arme greifen könnte."

„Da wüsste ich vielleicht etwas." Ellen knüpfte gerne Kontakte.

„Wir sind dabei, einen Treffpunkt aufzubauen, auf einem Grundstück, das unserer Freundin Vera gehört. Die Rasenfläche und auch die Büsche hinter dem Haus, die würden sich freuen, wenn sich ein Fachmann ihrer erbarmen würde. Wir können dir aber nichts zahlen, außer einem guten Essen."

„Das ist doch schon mal ein Anfang, für Essen bin ich immer zu haben", lachte Wenzel.

„Damit hätten wir wieder eine Sache geklärt, die in meinem Plan steht", stellte Karla fest. „Es bleibt trotzdem noch eine ganze Menge an Geld, mindestens 3.000 Euro, die wir aufbringen müssten für Tische und Stühle und…."

„Braucht ihr spezielle Möbel?", unterbrach sie Tommy.

„Ach wo, ganz normale stabile Tische und Stühle, nur für Erwachsene müssten sie schon sein."

„Ich habe gestern mit einem Bekannten gesprochen, der ein Schulungszentrum räumen soll. Kein Mensch will die alten Holzmöbel haben, sagt er und überlegt, wo er sie unkompliziert verbrennen könnte. Das wäre doch die Gelegenheit."

„Unbedingt", rief Ellen, „selbst wenn sie nicht zusammenpassen, können wir sie immer noch streichen."

„Oder streichen lassen", grinste Tommy, „ ich habe zwei Farbspritzpistolen, damit ist das Streichen ein Klacks."

„Super!" Dafür gab es Küsschen von Annie.

Inzwischen war Vera, die noch einen Geschäftstermin wahrnehmen musste, mit einer Megaflasche Sekt eingetroffen, die sie Tommy überreichte.

„Herzlichen Glückwunsch, ich habe dich gegoogelt, du hattest gestern Geburtstag."

Jetzt drängten sich alle zum Gratulieren und Umarmen.

„Du alter Schwede, wieso hast du denn nichts gesagt?" Peter klopfte ihn kräftig auf den Rücken.

„Wieso denn? Mein schönstes Geburtstagsgeschenk habe ich doch schon."

Auch dafür gab es wieder Extraküsschen von Annie.

„Auf die Gefahr hin, die Stimmung zu vermiesen, wir brauchen immer noch eine Menge Geld, um das Geschäft zum Laufen zu bringen." Karla machte sich berechtigte Sorgen, doch Ellen lachte nur. „Notfalls gehen wir wieder singen!"

„Singen, das war das Stichwort." Vera war aufgesprungen und schlug sich mit der flachen Hand an die Stirn. „Das ist doch die Idee. Traut ihr euch noch einen richtigen Auftritt zu?"

„Wenn wir nochmal proben, ist das kein Problem, du hast uns

doch vor zwei Wochen gehört."

„Dann muss ich sofort telefonieren." Vera verschwand um die Hausecke und ließ die anderen etwas ratlos zurück.

Tommy hatte inzwischen in aller Ruhe die riesige Sektflasche geöffnet und den Frauen eingegossen, er selbst blieb, wie die anderen beim Bier.

Gerade als sie angestoßen hatten, kam Vera mit einem Tausend-Watt-Lächeln wieder zurück.

„Tragt das bitte in eure Kalender ein! Wir haben am nächsten Wochenende einen Auftritt. Der Mann, den ich angerufen habe, hatte mir erzählt, dass er händeringend Ersatz sucht, weil die Gruppe, die auftreten sollte, erkrankt ist."

„Um welche Veranstaltung geht es denn überhaupt?" Ellen versuchte aus Veras Andeutungen klug zu werden.

„Ich bin ein bisschen aufgeregt. Also der Reihe nach. Es gibt einen Club von Oldtimer-Besitzern, so richtig reiche Leute. Die leisten sich jedes Jahr eine Zusammenkunft, die immer unter einem bestimmten Motto steht. Dieses Jahr sind es die Fünfziger Jahre und da passen unsere alten Programme wunderbar. Und das Tollste daran ist, wir bekommen ein fürstliches Honorar. Für zweimal 20-Minuten Programm und eventuell eine Zugabe gibt es 2.500 Euro."

„Hurra, damit können wir loslegen!" Nicht nur Karla war begeistert, alle freuten sich und mussten natürlich noch einmal ausgiebig auf diese fantastische Gelegenheit anstoßen.

Bis Ellen fragend in die Runde sah. „Aber wer hat denn noch das Programm von damals oder die Noten?"

„Jemand, der zwar Ballast abgeworfen hat, aber die Goldnuggets behalten hat." Sonja grinste die anderen an. „Es ist überhaupt kein Problem alles zu kopieren, damit wir gemeinsam üben können."

„Aber a-cappella-Gesang ist nicht mehr drin", wandte Ellen ein, „wir sind nicht trainiert genug, also werde ich meine Gitarre mitnehmen. Vera, könntest du dann moderieren, beides wäre mir zu viel?"

„Das mache ich gerne, aber unter welchem Namen wollen wir denn auftreten? Die Agentur braucht das für den Druck des Programms, ich müsste heute noch zurückrufen."

„Petticoat Girls geht nicht mehr." Annie war jetzt auch wieder offen für die Diskussion.

Karla setzte sich neben Vera und hielt ihren Kopf neben sie. „Das ist doch ganz einfach. Wir sind die Silver Girls, edel, gereift, einfach etwas Besonderes!"

Allgemeiner Beifall bestätigte ihr, genau das Richtige getroffen zu haben. Während Vera ihren Rückruf tätigte, eröffnete Annie eine neue Diskussion. „Aber was ziehen wir an?"

Das war der Moment, in dem sich die Männer rücksichtsvoll entfernten, um die Fortschritte am Haus zu bestaunen, ihre Meinungen über die anwesenden Damen auszutauschen, ihr Bier zu trinken und sich keinesfalls zu Modefragen zu äußern.

Als sie zurückkamen, war das Thema Mode fast abgeschlossen.

Vera hatte Kontakte zu einem Verleih, der Bühnengarderobe und Partykleidung der gehobenen Art anbot, dort konnten sie sicher in der Kürze der Zeit fündig werden.

Aber das Thema Schuhe war noch nicht ganz abgeschlossen.

Karla weigerte sich kategorisch. „Keine High Heels! Wenn ich die zwei Stunden tragen soll, dann wimmern meine Füße, wie die Stimmen von Verdammten."

Wie immer vermittelte Sonja. „Ich finde High Heels auch ein bisschen zu hoch, vor allem wenn meine Knie zittern. Aber Ballerinas machen auf der Bühne Plattfüße. Halbhohe Absätze sehen am besten aus."

„Die Männer sind zurück", rief Ellen, „auf geht's."

Und schon scharten sich alle um das Geburtstagskind und sangen, wie immer zweistimmig

„Mit 66 Jahren, da fängt das Leben an".

Tommy war ganz gerührt und natürlich musste erneut angestoßen werden. Sonja war noch in Gedanken beim Text des Liedes.

„Eigentlich trifft das auch auf uns zu, wir haben wirklich Spaß am Leben, trotz unseres Alters. Vor ein paar Wochen hätte ich das nicht für möglich gehalten. Aber Ellens Programm gegen

Jugendschwund bringt uns wirklich vorwärts und es ist so schön, dass noch lange nicht Schluss ist."

„Haben wir nicht sogar einen solchen Punkt im Programm, Spaß und Abenteuer?", rief Karla. „Dann können wir den abhaken, so viel Spaß hatte ich schon lange nicht mehr."

Aber Ellen grinste nur und schaute auf ihr Blatt. „Das ist ein guter Anfang, aber in dem Punkt geht es darum, Spaß und Abenteuer bewusst zu planen. Wir könnten es so machen wie Jack Nickolson und Morgan Freeman in dem Film „Das Beste kommt zum Schluss…"

„Ja", rief Annie, „die Löffel-Liste. Was will ich unbedingt noch an Aufregendem sehen, erleben oder ausprobieren, bis ich denselben abgeben muss? Das wollte ich schon immer mal machen. Kann man mehr als drei Wünsche notieren?"

„Bestimmt", erwiderte Karla, „aber ich fange mit drei Wünschen an. Ich möchte in jedem Fall erleben, dass unser Geschäft ein voller Erfolg wird, dann würde ich gerne noch zu einem Seminar mit Anlegern fahren, die dreimal so viel Ahnung von Geld haben wie ich und ich möchte mit George Clooney Tango tanzen, na ja, sein Double reicht auch. Sonja, was hast du noch vor?"

„Natürlich wünsche ich mir das Gleiche für unser Geschäft, dann würde ich gerne mal wieder verreisen, am liebsten in die Toskana, da war ich noch nie und am liebsten mit euch allen.

Das macht mehr Spaß."

Neben Sonja saß Peter, der immer noch insgeheim darauf hoffte, dass die Frau, der sein Herz schon lange gehörte, das endlich auch erkennen würde. Jetzt aber lächelte er nur und pfiff eine Melodie

„Oh, ich hab ´s", rief Ellen, „du meinst *Ich war noch niemals in New York.* Da würde ich auch gerne hinreisen."

Peter nickte. „Aber alleine würde mir das auch keinen Spaß machen."

„Du wartest noch auf die große Liebe, ich eigentlich auch. Und die Hoffnung stirbt zuletzt." Karla prostete ihm zu.

Auch Annies Wünsche richteten sich auf ihre neue, alte Liebe, für die sie sich eine lange Haltbarkeitsdauer wünschte. „Und irgendwann werde ich noch ein Kochbuch schreiben oder einen Krimi, bei dem der Koch der Mörder ist. Ich finde dafür ist die Zeit reif."

Tommy war mit Annie eigentlich wunschlos glücklich, wie er betonte. Aber er träumte auch noch davon, in einer kleinen Werkstatt alte Möbel wieder fit zu machen oder vielleicht nur einen Platz für Kumpels und einen Kasten Bier zu haben.

Ellen, der Country-Fan, wünschte sich Erfolg für ihre Kurse und einen Partner für Line Dance.

„Außerdem würde ich gerne ins Pilcher-Land fahren. Auf die Romane stehe ich nicht so, aber die Landschaft, die man in den

Filmen sieht, die ist zum Niederknien. Und ein Oldie-Festival müsste auch noch auf meiner Liste stehen. Eins, wo wir alle mitsingen können."

Wenzel, der Neue, hielt sich noch etwas bedeckt.

„Mein größter Spaß ist es, in der Erde zu wühlen und alle berühmten Gärten habe ich schon gesehen. Was für mich wirklich ein Abenteuer wäre, wenn ich einen Hanggarten anlegen könnte, wie die Gärten auf der Kleinseite in Prag."

„Wenn ich dir diesen Wunsch erfülle, dann wäre ich doch fast eine gute Fee. Oder?"

Vera sah ihn mit ihren dunklen Augen fragend an. „Auf meinem Grundstück auf der Rückseite ist ein solch vertrackter Hang, den kannst du gerne haben.

Und wenn ich schon dabei bin, die Fee zu spielen, Tommy, wenn du die Möbel bringst, kannst du dir gerne die Werkstatt ansehen, die ganz hinten auf dem Grundstück ist. Sie hat sogar eine eigene Zufahrt und steht leer, seit ich dem Hausmeister kündigen musste. Vielleicht eignet sie sich ja."

„Super, so schnell sollte das mit der Wunscherfüllung weitergehen."

Nicht nur Tommy, auch die anderen waren von Veras Vorschlägen sehr angetan.

„Aber du hast dir nichts gewünscht", rief Sonja, „gibt es nichts, was du brauchst, um glücklich zu sein?"

„Doch, doch, ich wünsche mir älter zu werden, ohne alt zu sein. Dann würde ich gerne Bauchtanz lernen, ein Foto schießen, was alle Welt verblüfft und irgendwann das legendäre Einhorn finden."

„Wieso denn ein Einhorn?" Wenzel war nicht ganz sicher, wann diese Runde scherzte oder etwas ernst meinte.

„Das legendäre Einhorn", erklärte ihm Ellen, „das ist die Umschreibung für einen wirklich treuen Mann. Aber zurück zum Programm. Notiert euch eure Wünsche, nur dann können wir sie auch wirklich erfüllen."

„Ehe wir gehen", meldete sich Vera etwas bedrückt. „Ich habe gesehen, dass ihr geistige Fitness noch nicht durchgenommen habt. Das ist gut, denn ich muss unbedingt etwas dafür tun. Mein Gedächtnis ist eine bessere Durchgangsstation, ich vergesse dauernd Namen oder verlege etwas. Wer will schon diese fürchterliche Krankheit bekommen?"

Ellen lächelte beruhigend. „Wenn du mit zwanzig etwas vergisst, sagt jeder, das sei völlig normal. Nur in unserem Alter ist das plötzlich ein Problem, aber vorbeugen halte ich trotzdem für wichtig."

„Das können wir nächste Woche bei mir machen", kündige Karla an. „Ich habe schon etwas recherchiert und mit meinem Hausarzt gesprochen."

„Morgen sehen wir uns erstmal nach tollen Kleidern um."

Ellen gab das Signal zum Aufbruch. Zuvor wünschten sie dem zurückbleibenden Paar noch aufregende Nächte und geruhsame Tage im gemeinsamen Haus. Oder wie Karla es ausdrückte:

„Lasst es knistern, bis die Funken sprühen!"

Aber eigentlich nahmen die beiden den Aufbruch gar nicht mehr so richtig wahr, so dass die Freunde vom treuen Bello zur Tür begleitet wurden.

9. Kapitel,

in dem die Silver Girls wieder die Bühne erobern und unverhoffte Begegnungen geplant werden

Das erste, was Sonja am nächsten Morgen nach Gymnastik, Eiweißshake und Oldtimer-Frühstück am meisten interessierte, war ihr Buch über die Mode der fünfziger Jahre.

Sie schwelgte in den Bildern und seufzte. Was war das doch für wunderbare Kleider gewesen, die jede Frau wie einen Star aussehen ließen. Hoffentlich hatten sie in diesem Verleih auch so traumhafte Teile.

Zunächst sah es gar nicht so gut aus, da Vera mit der Inhaberin mehr über Festkleidung gesprochen hatte, aber als Sonja dann die Fünfziger und Neckholder-Kleider erwähnte, leuchteten deren Augen auf.

Und endlich standen sie vor endlosen Garderobenstangen mit Kleidern, die auch ihre Augen leuchten ließen.

Ellen, die sich von der Masse fast erschlagen fühlte, delegierte in ihrer gewohnten Art weiter. „Sonja, du hast den Blick und das richtige Händchen für sowas, such du aus."

Und Sonja ließ ihre Blicke über die Kleider gleiten, während sie die Farbauswahl überlegte. Endlich hatte sie fünf Kleider in den richtigen Größen gefunden und zeigte sie den anderen.

Karla hielt sich das dunkelblaue Korsagenkleid mit Silberfäden und silberfarbenem leichten Petticoat an und schaute in den Spiegel. „Das sieht echt toll aus. Aber das sind doch unterschiedliche Farben. Wir wollten doch gleich aussehen."

„Das tun wir auch", beruhigte sie Sonja. „Probiert die Kleider erstmal an."

„Bei mir passt der Rock wunderbar, aber die Korsage ist zu eng", beschwerte sich Annie. „Verlang jetzt bloß nicht von mir, dass ich noch abnehmen soll."

„Die Korsage ist geschnürt, die lässt sich lockern", beruhigte Sonja auch Annie, während sie sich selbst in ihr Oberteil schlängelte.

Als alle ihre Kleider anhatten, bat sie die Gruppe sich in der früheren Formation aufzustellen. Die Altistinnen Karla, Ellen und Vera in der zweiten Reihe und die Soprane Annie und Sonja davor.

Erst jetzt konnten alle die Farbschattierungen sehen, die Sonja geschickt gewählt hatte, vom tiefen Nachtblau, Aquamarin und Türkis für die kühlen Farbtypen, bis zu hellem Seegrün für die warmen Farbtypen.

„Oh, das sieht echt toll aus und überall Silber, das macht uns wirklich zu Silver Girls. Wenn das keine gutes Omen ist!" Ellen fasste zusammen, was alle dachten und hatte noch eine gute Idee extra.

„Vera, bevor wir morgen das Programm durchgehen und proben, könntest du in Erfahrung bringen, ob derjenige, der bei dieser Truppe was zu sagen hat, einen besonderen Wunsch hat, ein Lieblingslied aus der Zeit?"

„Ellen, du bist ein richtiger Stratege", lachte Annie, „denn wenn der zufrieden ist, dann buchen sie uns vielleicht wieder. Ich muss mich jetzt verabschieden, meine Koch-Show beginnt. Wir sehen uns morgen zur Probe bei Ellen."

Auch Vera und Karla hatten noch Termine, daher brachten Ellen und Sonja die Prachtstücke alleine in Sonja Abstellkammer unter.

„Hier sieht es aus, wie im Warenhaus früher, als alles so dicht bei dicht in die Kleiderständer gequetscht wurde."

„Stimmt", lachte Sonja, „aber wenn man dann etwas Schönes ergattert hatte, hat man sich deutlich mehr gefreut als heute."

„Und wenn etwas gebaut wurde, dann war es zur Einweihung auch fertig. Nicht so wie jetzt!"

„Du sagst es." Sonja nickte. „Wir werden das besser machen und unsere Kursräume schneller eröffnen."

„Und bei der Fülle der Kleider ist es auch höchste Zeit, endlich mit dem Versand zu beginnen", fand Ellen.

Als Ellen gegangen war, natürlich nicht, ohne die Noten zum Kopieren mit zu nehmen, überlegte Sonja, dass viele Künstler sich für den zweiten Auftritt umzogen. Manchmal nur Kleinig-

keiten, aber sie boten ein anderes Bild. Könnte sie mit den ge-
liehenen Kleidern einen zweiten Look schaffen, der aber auch in
die Zeit passte?

Als sie noch einmal in ihrem Buch blätterte, hatte sie die richtige Idee, die sie auch gleich umsetzte.

Am nächsten Tag war sie nach ihrem neuen Morgenprogramm
schon richtig frisch und unternehmungslustig, noch bevor sie
Kaffee getrunken hatte.

Das ist höchst ungewöhnlich, aber auch angenehm, überlegte
sie. Ob man mit dem Programm gegen Jugendschwund tatsächlich das Älterwerden etwas aufhalten kann? Auf jeden Fall ging
es ihr sehr gut dabei.

Auch die anderen waren zur Probe bei Ellen pünktlich und
schon gut eingestimmt.

„Ich habe inzwischen die gewünschte Information."

Vera lächelte ein wenig hinterhältig. „Sie wird euch vermutlich
nicht gefallen. Der große Boss wünscht sich: *Der weiße Mond
von Maratonga.* "

„Oh, dieser alte Schmachtfetzen", stöhnte Karla.

„Wenn er sich den wünscht, dann bekommt er ihn auch."

Ellen war wie immer die Pragmatische. „Vielleicht hat er daran
eine spezielle Erinnerung, vielleicht war das mal ihr ganz besonderes Lied. Wir werden diesen Titel in den zweiten Block

nehmen und im ersten die Truppen so richtig aufheizen."
Nachdem sich alle eingesungen hatten, legten sie ernsthaft los.
Und wie schon an dem Abend vor dem Haus, klangen ihre
Stimmen noch genauso voll und klar, wie vor vielen Jahren, als
sie noch Teenies gewesen waren.

Ellen schwor die Truppe noch einmal ein.

„Wir treffen uns bei Sonja, um unsere Galakleidung abzuholen
und fahren dann mit Veras und Karlas Auto zur Stadthalle. Dort
haben wir eine kleine Garderobe zum Umziehen und Wendy
verpasst uns noch ein richtiges Bühnen-Make-up. Sie hat uns
dafür einen riesigen Rabatt eingeräumt, weil sie sich so für uns
freut und weil sie beim Auftritt im Saal sitzen kann. Das hat
Vera geregelt."

Am Abend des Auftrittes waren alle etwas nervös.
Sonja war den ganzen Nachmittag ihre Texte durch gegangen
und hatte sich Spickzettel für die Handfläche vorbereitet. Sonst
hatte sie Tee getrunken und Atemübungen gemacht, das musste
genügen.
Als die anderen ihre Kleider mit Schutzhüllen nehmen wollten,
erläuterte Sonja ihre Überraschung.
„Wir haben unseren Auftritt in zwei Abschnitte geteilt, den
rockigen zuerst und dann den gefühlvolleren. Dazu sollte auch
die Kleidung verändert sein."

„Super Idee", stellte Karla lakonisch fest, „aber leider zu spät, Süße."

„Wenn wir diese Boleros am Anfang tragen würden und die Nickitücher dazu, sieht das gleiche Kleid viel jugendlicher aus." Sonja demonstrierte sie Wirkung an ihrem Kleid, das sie durch ein grünlich schimmerndes Bolero und ein passendes Tuch ergänzt hatte.

„Sonja, du bist ein Genie, wenn du diese Teile auch für uns hast", rief Annie.

„Natürlich, aber leider musste ich dafür einige Teile umarbeiten, die eigentlich für den Versand vorgesehen waren."

„Aber das ist es wert!" Ellen umarmte die Freundin und gab dann das Zeichen zur Abfahrt.

In der Stadthalle brodelte schon das Leben. Zum Glück war es am Bühneneingang deutlich ruhiger und so konnten sie unbehelligt zu ihrer Garderobe gelangen, wo sie schon von Wendy und einer Helferin erwartet wurden.

Es dauerte natürlich einige Zeit, bis alle bühnenreif aussahen. Annie, die zuerst fertig war, lief unruhig durch die Garderobe, bis Karla sie anzischte: „Annie, setz dich endlich hin. Du schwirrst hier rum, wie eine Hornisse auf Speed und nimmst uns die Ruhe."

Das half kurze Zeit, bis sie wieder nervös herum zappelte.

Sonja strich ihr über den Arm. „Du bist mächtig aufgeregt oder?"

„Fürchterlich", flüsterte Annie zurück.

Sonja lächelte. „Du musst ganz langsam ein- und ausatmen. Das macht dich ruhiger. Außerdem kannst du noch deinen Zeigefinger mit der anderen Hand festhalten, das dämpft die Aufregung. Aber ein bisschen Lampenfieber ist ja auch gut. Umso besser werden wir singen. Mir zittern die Knie auch ein wenig, aber wir werden den Saal rocken, oder?"

„Du hast recht, Sonja", rief Ellen. „Wir sind heute die Stars. *See you later, Alligator?*"

Und alle riefen: „*In a while, crocodile!*"

Wie auf Bestellung, erschien gerade in diesem Moment der Organisator, um sie zur Bühne zu geleiten und in dieser Hochstimmung war die Aufregung fast vergessen.

Als die vertrauten Akkorde der Gitarre ertönten, lief alles fast wie von selbst. Der Saal tobte schon bei *Rock around the clock* und *Baby, mach dich schön,* obwohl es auch viele jüngere Gäste gab, für die die Fünfziger bestimmt graue Vorzeit waren.

Nach der Pause, jetzt ohne Bolero, mit freiem Rücken und erleichterter Stimmung, trafen sie mit gefühlvollen Liedern wie *Pretty woman, It`s now or never , Seemann, deine Heimat ist das Meer* oder *Vaya con dios* bei vielen offensichtlich den richtigen Ton. Paare rückten enger zusammen und schienen sich wirklich in die Jugendzeit zurückversetzt zu fühlen.

Den Abschlusssong *Wir wollen niemals auseinandergehen,* mussten sie wiederholen und beim zweiten Mal sang der gesamte Saal mit.

Standing ovations waren eine wunderbare Anerkennung für die *Silver Girls,* und für das, was sie in der kurzen Zeit geleistet hatten. Und natürlich das fürstliche Honorar, das Vera an Karla, die Finanzchefin, weitergab.

In der Garderobe erwarteten sie eine riesige Sektflasche und Blumen, die von Peter und Tommy an alle überreicht wurden. Natürlich steigerte das die Hochstimmung noch mehr.

Es musste angestoßen werden, auf die Künstlerinnen, auf die Musik, auf die Kleider, auf das Publikum und natürlich auf das Honorar.

Es fiel schwer, wieder zur Ruhe zu kommen, bevor nicht auch die letzte Beobachtung kommentiert war.

„Ellen, dein Gitarrensolo war toll."

Sonja umarmte ihre Freundin stürmisch.

„Und deine Moderation war so professionell." Jetzt wurde Vera umarmt. „Das Publikum hat bestimmt gedacht, dass du so etwas schon öfter gemacht hast. Ach, Mädels, wir waren einfach super!"

„Die Gattin des Bosses, hat sich bei dem Wunschlied an ihn geschmiegt und auch ein paar Tränchen verdrückt", rief Karla. „Ellen, du hattest ja so recht. Ich sage nie wieder etwas gegen Schmachtfetzen, wenn das Publikum damit glücklich ist."

Nach einem ruhigen Wochenende, an dem sich Sonja ihrer Wohnung und dem Einkaufen gewidmet hatte, nahm sie sich endlich Zeit, ihre Löffel-Liste und die Einkaufslisten für die Gestaltung des Saales und den Versand vorzubereiten.
Die letzten Punkte gingen ihr deutlich schneller von der Hand.
Sie hatte die Umrisse des Raumes konzipiert, Fenster und Türen berücksichtigt und versuchte sich vorzustellen, welche Farben diesen etwas tot wirkenden Raum beleben könnten, ohne ihm seine Weite zu nehmen.
Mit Aquarellfarben bereitete sie Muster vor und entschloss sich schließlich für die Kombination von weiß und seegrün.
Dazu würden silberne Akzente wunderbar passen.
Moment, unterbrach sie ihren Gedankengang, sie hatten ja für die Begegnungsstätte noch gar keinen Namen vorgesehen. Aber *Silver Girls* erschien ihr höchst passend.
Bei den weiß-silbernen Jalousien würden sie auch Gardinen ein-sparen können oder höchstens noch einen leichten Behang pla-nen. Was sie für den Versand brauchte, hatte sie ebenso schnell notiert: So gut wie alles an Accessoires, was in die Jahreszeit-

farben passte, wie Rollis, T-Shirts, Schals, Tücher, Handschuhe, Mützen und Westen.

Nun zur Löffel-Liste. Was wünschte sie sich wirklich? Was gestand sie sich ein, jetzt, wo niemand zuhörte?

Natürlich wünschte sie sich geschäftlichen Erfolg sowohl für ihre Arbeit als gute Fee der Kleiderschränke, als auch für den Versand und den entstehenden Treffpunkt, aber war das schon alles?

Sicher im Vergleich zu der Zeit vor zwei Monaten, war das schon überwältigend viel.

Aber inzwischen traute sie sich auch eine ganze Menge mehr zu. Reisen mit den anderen, notfalls auch alleine, das schaffte sie auch. Die Toskana, Cornwall oder Stonehenge könnten ihr auch gefallen.

Sie mochte die Pilcher-Filme ebenso wie Ellen und nicht nur wegen der Landschaft, ihr gefiel vor allem das Happy-End.

Weiter in die Ferne zog es sie eigentlich nicht. Ihr genügte es schöne Dinge zu sehen, ob in einem Park, einem Museum oder auch in einem Warenhaus.

Die Freundinnen würde sie auch gerne behalten, es war wunderbar wieder in der alten Truppe zu sein und sich dabei nochmal jung zu fühlen.

Männer? Nein, Männer würden nicht auf ihrer Wunschliste stehen! Obwohl es schön wäre, jemanden zu haben, der einen so ansah, wie Tommy seine Annie.

Und Peter war ja auch sehr nett. Obwohl er doch früher in die Parallelklasse ging, konnte sie sich aus dieser Zeit kaum an ihn erinnern. Aber da war ja Frank gewesen…

Heute war Peter sicher weniger zurückhaltend, aber man konnte ihn auch schwer einschätzen.

Es sah so aus, als würde er sich für Ellen interessieren. Und obwohl sie ihrer Freundin das Beste wünschte, wäre diese Wendung auch irgendwie schade.

Genug, entschied Sonja, die Löffel-Liste kann ich ja immer noch anpassen, wenn sich etwas ändert. Sie beschloss einen Schaufensterbummel zu machen und zu schauen, was die „Konkurrenz" für diese Saison anbot.

Da das Wetter angenehm war, ging sie zu Fuß die Geschäftsstraße entlang und freute sich über ihr Spiegelbild in den Schaufensterscheiben. In dem leichten Sommerkleid, sah sie schon viel schlanker aus. Callanetics schien offensichtlich zu wirken. Am Eckgeschäft musste sie natürlich erstmal stehen bleiben, um die Schaufenstergestaltung mit leichten Tüchern, Rundschals und Stoffen zu betrachten, die ihr sehr gut gefiel.

Gerade als sie sich umdrehte, um ihren Weg fortzusetzen, stieß sie frontal mit jemandem zusammen.

„Oh, Verzeihung, ich habe Sie nicht bemerkt."

„Das war nicht zu übersehen", lachte Peter, „und ich dachte

schon, du wolltest dich in meine Arme werfen."

Sonja hatte das Gefühl zu erröten. Kann man das eigentlich noch

mit 65? dachte sie völlig unpassend.

„Tut mir wirklich leid, ich war auf Spionagetour, um die Kon-

kurrenz zu beobachten und abgelenkt. Sonst hätte ich dich natür-

lich mit offenen Armen empfangen!" Jetzt fiel ihr das Lächeln

schon leichter.

„Akzeptiert", lächelte Peter. „Vielleicht habe ich dich ja auch

überrannt und als Wiedergutmachung, lade ich dich zum Kaffee

ein oder lieber zum Eis?"

Kurze Zeit später saßen sie in dem kleinen gemütlichen Eiscafé,

das nach oben offen, aber durch die überhängenden Zweige der

großen Bäume, angenehm kühl war.

Es schien gar nicht so schwierig zu sein, sich alleine mit einem

Mann zu unterhalten, dachte Sonja, während sie ihr Schokola-

deneis mit Mango löffelte, es machte sogar richtig Spaß.

Peter war ein angenehmer Unterhalter und hatte Humor. Das

schätzte sie schon immer bei einem Mann. Gerade erzählte er

ihr, wie schwierig es nach der langen Zeit sei, sich in der Stadt

zurecht zu finden. Alles sei jetzt ganz anders und ungewohnt.

„Ziehst du diese Mitleidstour ab, um mich als Stadtführerin zu

gewinnen?" Obwohl sie lächelte, klang ihre Stimme doch recht

streng. Aber Peter schien keine Reue zu zeigen, er grinste nur und zuckte die Schultern. „Und, hat es gewirkt?"

Es hatte. Also bummelten sie gemeinsam zu alten Lieblingsor-
ten und anschließend brachte er sie nach altem Muster bis zu
Haustür und verabschiedete sich.

Auf dem Heimweg hätte er am liebsten einige Luftsprünge gemacht, denn die Idee, ein wenig in Sonjas Gegend herum zu
hängen, hatte sich bezahlt gemacht. Als er sah, welche Straße sie
lang gehen würde, konnte er sich ausrechnen, an welchem
Schaufenster sie stehen bleiben würde. Und es hatte geklappt!

10. Kapitel,

in dem der Zusammenhang zwischen Laufen, einem Wok,

Lecithin und einem sagenhaften Gedächtnis geklärt wird

Sonja hatte den schönen Nachmittag mit Peter sehr genossen
und hing noch ein wenig ihren Gedanken nach, als sie sich Tage
später auf den Weg zu Karla machte.

Diesmal wollte Karla selbst kochen, aber gegen Desserts oder
andere Gemeinheiten habe sie nichts, verkündete sie am Telefon. Also bestückte Sonja ihre Kühltasche mit Mokkaeis und
anderen Zutaten für Eiskaffee, was von allen, angesichts der
Temperaturen, begeistert begrüßt wurde.

Karla hatte sich entschieden, den Wok anzuwerfen, vorher jedoch Annie mehrfach befragt. „Es gibt heute nicht einfach nur
Gemüse und Hühnerfleisch aus dem Wok, sondern Brainfood,
also Gehirnfutter. Annie wird uns nachher noch genau informieren, welche Bereiche wir damit aktivieren. Ich habe gekocht und
bin jetzt erschöpft. Also setzt euch und genießt."

Auch unter dem etwas ungewohnten Namen, schmeckte das
Essen sehr gut und vor allem leicht.

Danach servierte Sonja ihren Eiskaffee, der alle trotz der Hitze
erfrischte und wieder diskussionsfreudig machte.

Als der Tisch frei war, breitete Karla ihre Notizen aus. Ihrem
Lächeln nach wollte sie unbedingt etwas Wichtiges loswerden.

„Ich habe mit meinem Hausarzt gesprochen, eigentlich weil er mich nach meinem Geheimnis gefragt hat, das meine Blutwerte so verbessert hat. Ich habe ihm von unserem Programm gegen Jugendschwund erzählt und da er demnächst in den Ruhestand geht, war er sehr interessiert und hat mich zum Essen eingeladen.

Ich soll ihm das Programm noch mal genau erläutern, er würde auch gerne mitmachen. Wie findet ihr das? Ich denke, ich sollte ihn nicht unnötig leiden lassen und ihn ordentlich einweisen, mindestens bis zum Punkt 6.“

Während die anderen noch lachten und sie beglückwünschten, setzte Karla fort. „Mein Arzt hat einen schönen Satz gesagt: *Älter zu werden, ist nun mal die einzige Möglichkeit, lange zu leben.* Entscheidend ist nur, was wir daraus machen. Er hat mir auch noch Tipps für die geistige Fitness gegeben, an die er sich selber hält. Aber schließlich ist doch alles, was wir jetzt machen, sowieso etwas, das uns auch im Kopf jung hält.“

„Darauf trinken wir“, rief Annie. „Und der Rotwein, den Karla heute ausgewählt hat, ist gut für die Gefäße und die Durchblutung. Prost! Aber jetzt ernsthaft. Das Brainfood, welches sie ganz exzellent zubereitet hat, enthält all das, was wir schon bei der Oldtimer-Ernährung besprochen haben, viele Proteine, viele Omega-3-Fett-Säuren, viele Vitamine, vor allem B, C und D und ganz besonders Magnesium. Das sind alles Stoffe, die die

Großhirnrinde und den Hippocampus, das ist die Schaltstelle für das Gedächtnis, stimulieren und stärken…"

„Soja-Lecithin, macht das auch, darauf schwöre ich", rief Sonja. „Seit ich das nehme, kann ich mir viel mehr merken. Ich bleibe ruhiger, auch wenn es hektisch wird und ich bewege mich lieber. Aber das letzte ist vielleicht auch Wunschdenken."

„Das musst du mir unbedingt zeigen", flüsterte Vera. „Ich brauche so etwas ganz dringend."

„Was mich an den Tipps meines Arztes aber am meisten überrascht hat ist, dass die Neubildung von Gehirnzellen durch Bewegung in Gang gesetzt werden soll. Also jetzt überlege ich ernsthaft, morgens zur Walkinggruppe zu stoßen."

„Karla, du bist uns herzlich willkommen." Ellen lächelte sie an. „Wir sind mittlerweile schon fünfzehn, die morgens laufen. Als wir über Walking gesprochen haben, habe ich schon gesagt, dass es auch gut für den Kopf ist, denn viel frische Luft lässt das neuronale Netz, also die Gedankenverbindungen, sprießen."

„Ich kann trotzdem nicht ganz folgen."

Vera klang fast etwas ängstlich. „Heißt das jetzt, weil ich keinen Sport mache, bin ich vergesslich geworden?"

„Möglich wäre es, obwohl ich es in deinem Fall nicht glaube." Ellen lächelte beruhigend.

„Peter hat mir erklärt, dass wir immer noch die Steinzeitmuster in uns tragen und oft auch danach handeln. Wenn die Steinzeitfrau Lucy in der Höhle war, brauchte sie keinen Zuwachs an Gehirnzellen. Aber wenn sie auf Nahrungssuche ging, dann gab es ständig neue Anforderungen und das Gehirn musste wachsen. Und deswegen ist es heute noch so, dass vor allem Bewegung das Signal für das Wachsen der Gehirnzellen gibt."

„Also ist das alles Quatsch, was ich über Gehirnjogging gelesen habe? Eigentlich löse ich gerne Rätsel oder mache Sudoku. Ich kann nicht glauben, dass das nichts bringen soll."

Annie, die Rätsel aller Art liebte, gab sich schon wieder kämpferisch.

Karla klopfte ihr besänftigend auf die Schulter. „Im Gegenteil. Wenn du neue Gehirnzellen gebildet hast, müssen sie mit anderen vernetzt werden oder sie sterben ab. Und das ist ein kompliziertes Geschehen. Neue Informationen werden zwar nachts im Tiefschlaf zur Hirnrinde transportiert, um dort mit Bekanntem vernetzt werden zu können. Aber das Vernetzen geht besser am Tag. Und da ist Gehirnjogging sehr gut, aber nicht das Einzige. Gut für das Gedächtnis sind auch gemeinsame Projekte, so wie wir das machen und die Beschäftigung mit Tieren. Also auf keinen Fall einsam sein. Zwischenfrage: Mache ich mit gut mit den Hinweisen von meinem Doktor?"

„Oho, sie sagt schon mein Doktor", stichelte Annie. „Darauf trinke ich. Und Bello kriegt heute Abend ein Würstchen extra, weil er mir hilft, meinen Merks zu behalten."

„Trinken ist das nächste Stichwort", setzte Karla fort. „Das machen wir aber sowieso schon richtig. Täglich zwei Liter Wasser oder Tee. Grüner Tee soll das Verkleben der Zellen im Gehirn blockieren, das sonst, um es mit Harry Potter zu sagen, die Krankheit auslöst, deren Name nicht genannt werden darf."

„Man kann auch Smoothies machen, mit grünen Wildkräutern", setzte Annie fort, „ihr erinnert ihr euch noch an die Wirkung von grünem Gemüse?"

Alle nickten lächelnd.

„Mein Doktor hat auch noch Forschungen über Spermidine erwähnt und mir Weizenkeime und griechischen Bergtee empfohlen, er soll die Gifte, die zum Verkleben der Hirnzellen führen, ausschleusen. Aber den muss ich mir erst noch schön trinken. So das war alles. Jetzt brauche ich mehr zu trinken."

Karla lehnte sich bequem zurück. Die anderen sahen das ähnlich, nur Ellen nicht.

„Wir haben noch etwas Wichtiges vergessen. Tanzen! Natürlich gehört Tanzen zur Bewegung, aber gleichzeitig muss man ja auch die passenden Schritte geistig abrufen. Genau genommen wird man damit doppelt fit. Studien haben ergeben, dass durch regelmäßiges Tanzen, die Gefahr dieser nicht genannten Krankheit um 76% reduziert wird."

„Du hast absolut recht. Es lebe der Line Dance! Wann legst du eigentlich los?"

Annie war genauso gespannt, wie die anderen.

„Am liebsten sofort", lachte Ellen.

„Aber vorher haben wir noch einiges zu erledigen, ich habe euch die Entwürfe für den Gesellschaftervertrag mitgebracht. Nils, das ist der Anwalt, hat uns eine Mini-GmbH empfohlen. Das ist die einfachste Rechtsform für ein Unternehmen. Wir brauchen nicht mal doppelte Buchführung."

„Die ich aber trotzdem machen werde. Das ist eine meiner leichtesten Übungen. Und man hat immer und sofort den besten Überblick."

Karla hatte sich schon ein Exemplar gesichert und setzte fort, während sie ihre Aufzählung mit dem Klopfen ihres Stiftes eindrucksvoll unterstrich.

„Wenn alle zugestimmt und unterschrieben haben, könnte ich das anmelden, dann sind wir geschäftsfähig.

Nach dem Businessplan fehlen an Voraussetzungen noch, eine Telefonleitung und ein Internetanschluss, ist aber beides beantragt. Die notwendigen Webseiten, darum kümmert sich Ellen und natürlich noch Hardware. Wie sieht es bei der Beschaffung von Waren aus, Vera?"

„Sonja und ich fahren übermorgen zu Irina, das ist die Frau, die Insolvenzmasse verwertet. Ich denke dort werden wir alles bekommen, was wir fürs erste für den Versand brauchen. Mit Sicherheit auch noch die Farben, die Sonja für den Raum und die

Möbel vorgeschlagen hat."

„Ihr werdet Hilfe brauchen, wenn ihr zurückkommt, ruft einfach an! Gibt es noch etwas Wichtiges oder kommen wir jetzt zum gemütlichen Teil?" Karla sah fragend in die Runde.

Nur Ellen meldete sich.

„Keine Katastrophen, nur Erfolgsnachrichten. Ich habe meine erste Ausschüttung erhalten. Es geht wirklich los mit dem Geldregen."

„Wie viel ist es?" erkundigte sich Sonja interessiert, da sie noch auf ihren Geldregen wartete.

„14,59 Euro für diesen Monat."

„Was mehr nicht? Du hattest doch 2.500 angelegt?"

Annie schien von dem Ergebnis enttäuscht, aber Ellen blieb gelassen. „Auf ein Jahr hochgerechnet sind es 175 Euro, das sind genau 7% Wo kriegt man sonst so viel Rendite? Ja Karla, ich weiß, das kann mal niedriger, aber auch höher sein."

Annie wurde nachdenklich, vielleicht sollte sie den Schritt jetzt auch wagen. Tommy hatte ihr zugeredet anzulegen, er habe genug Geld für sie beide.

Aber Annie wollte es immer noch alleine schaffen und wenn ihre Koch-Show weiter so gut lief ... „Karla, jetzt bin ich auch so weit. Ich brauche auch diese Nummern, zwei natürlich."

„Und ich schließe mich an", rief Vera ganz aufgeregt. „Bei solchen tollen Sachen bin ich natürlich dabei. Millionen habe ich

zwar nicht mehr, aber den festen Willen aus den Resten noch
das Beste zu machen."

Noch am nächsten Tag schmunzelte Sonja beim Frühstück, als
sie an diesen netten Abend dachte. Und da das mit dem Geldregen wirklich funktionierte, vielleicht sollte sie noch etwas küh-
ner werden?
Immerhin hatte sie schon wieder zwei neue Anfragen als Klei-
derschrank-Fee in ihrem E-Mail-Fach und wenn die Kurse erst
begannen…? Was für eine aufregende Zeit!
Sie schaute auf die Uhr, eigentlich war es noch früh genug, um
es mit dem Walking um die Ecke zu probieren. Karlas Hinweise
für die geistige Fitness waren wirklich ernst zu nehmen, also zog
sie ihre Sportschuhe an und trat vor die Tür.
Bei Ellen war das wirklich leichter und viel angenehmer im
Grünen zu laufen, dachte sie enttäuscht. Jetzt musste sie dauernd
aufpassen, keine Hunde-Tretmine zu erwischen, niemanden an-
zurempeln und sich nicht von den Bauarbeitern irritieren zu lassen, die ihr blöde Bemerkungen nachriefen. Außerdem roch es
an jeder Ecke anders und meist nicht besonders gut.
Noch mal nicht!
Das stand fest, als sie danach ihre Dusche betrat. Vielleicht
konnte sie ein Walking einrichten, wenn sie wieder bei Vera
oder Ellen war. Und natürlich wäre alles leichter, wenn sie auch

in der Nähe wohnen würde, aber… Noch konnte sie sich nicht entscheiden.

Schließlich funktionierte ihr Gedächtnis ja dank Lecithin wirklich sehr gut. Für Vera würde sie morgen am besten gleich eine Dose mitnehmen, wenn sie mit ihr zu Irina, der Insolvenzverwerterin, fahren würde.

Vera hatte von ihr einen Tipp bekommen, der Sonja vielversprechend schien. Wenn sie die Wollgarne, die Irina anbot, günstig bekommen könnte, wäre das eine fantastische Ergänzung für den Jahreszeiten-Versand. Welche Frau, die Handarbeiten liebte, würde sich nicht über Kaschmir-, Mohair- oder Angorawolle in ihren Jahreszeiten-Farben freuen?

11. Kapitel,

in dem Farben Möbel und Wände verschönern und Regale endlich gefüllt werden

Sonja, die schon ganz gespannt auf das Angebot von Irina war, wurde von der Vielfalt und der Masse an Produkten regelrecht überwältigt.

Als Irina sie in ihr Büro führte und ihnen die Edel-Garne zeigte, hätte Sonja am liebsten alle genommen, wählte aber dennoch nur die passenden Farben aus und hörte dem Geplauder von Vera und Irina mit halbem Ohr zu, bis sie über Farbmuster sprachen und Sonja erkannte, dass es sich um Farbpässe handelte.

Das war ja die Gelegenheit für ihre Kurse vorzusorgen.

Schnell wurden sie sich mit Irina handelseinig, die auch zukünftig für Nachschub sorgen würde.

Danach orderte sie noch zwei Packen T-Shirts und Rollis, die zwar eine Superqualität, aber auch einige Wasserflecken hatten.

Sonja probierte verstohlen und freute sich, als sich die Flecken mühelos entfernen ließen.

Nachdem sie noch einige weiße Tischdecken, Abdeckplanen, zwei Eimer Wandfarbe in weiß und einem blassen seegrün sowie Lackfarbe in weiß und seegrün erstanden hatten, fuhren sie höchst zufrieden zurück.

Kurz vor Veras Grundstück, erreichte sie Tommys Anruf, der

sich mit der Möbellieferung ebenfalls dem Grundstück näherte. Vera lachte Sonja an. „Seit ich euch getroffen habe, ist hier wenigstens wieder etwas los. Manchmal habe ich mich in dem leeren Haus gefürchtet."

Am Grundstück angekommen, schaute sich Tommy gemeinsam mit Vera die Werkstatt an. Schon über die Größe war er hellauf begeistert. Dazu kam noch eine volle Ausstattung mit Werkzeug, Maschinen und Geräten, von denen echte Männer nur träumen konnten. Sogar eine gemütliche Ledercouch gab es in der Ecke unter dem Fenster, eine Dusche mit Toilette, ordentliche Lampenstrahler und für die Betriebskosten getrennte Zähler. „Das ist optimal" freute sich Tommy. „Wie hoch ist die Miete?"
„Ich dachte an 15 Euro im Monat, Nebenkosten sind ja sowieso extra."
„Dafür nehme ich sie sofort. Hand drauf!"
Und so wurde schon der erste Vertrag besiegelt, während sich Sonja die ehemals weißen Möbel aus der Nähe ansah. „Wenn ich auf Shabby-Look stehen würde, könnten wir sie einfach so lassen, aber davon wären unsere Besucher nicht begeistert. Also machen wir sie sauber und lackieren sie dann. Wie viele hast du denn?" wandte sie sich an den zurückgekehrten Tommy.
„Neun Tische, 40 Stühle und zwei Regale für euren Versand."
„Super, du bist echt ein Schatz!" freute sich auch Vera und

wandte sich an ihre Begleiterin.

„Sonja, wenn du noch Zeit hast, könnten wir zuerst die Abstell-
räume saubermachen, dann die Regale einstellen und die erste
Ware einräumen. Ich rufe auch gleich Ellen und Karla an, die
haben es ja nicht weit. Annie….“

„Annie weiß schon Bescheid und ist unterwegs.“ Tommy deutete nur auf sein Handy. „Wir haben uns eben schon abgestimmt,
sie wird mir beim Säubern der Möbel und beim Abschleifen
helfen. Peter und Wenzel kommen auch noch, sie bringen Pizza
mit, ihr habt doch bestimmt Hunger.“

„Danke Tommy, für mich bist du der Größte“. Sonja, die wirklich Hunger hatte, war dankbar für die Fürsorge. „Annie hat
wirklich Glück mit dir.“

„Und ich mit ihr“, grinste Tommy. „Komm, Bello, jetzt wird
gearbeitet. Du hast noch keine Ferien.“

Nachdem Vera und Sonja die Räume und die Regale gesäubert
hatten, erschienen Ellen, Annie, Karla und auch die Pizzaboten,
alle zur gleichen Zeit.

Vor dem Essen wurden die Regale mit Hilfe der Männer aufgestellt und an der Wand befestigt. Dann war Zeit für die verführe-
risch duftenden Pizzas. Annie rümpfte bei dem Anblick leicht
ihre Nase. „Ich hätte nach unserem Programm etwas anderes
gewählt, aber es ist Mittagszeit, da können wir die Stärke noch

einigermaßen verkraften. Also haut rein."

Klugerweise war vieles im Angebot, von Pizza mit Salami, mit Thunfisch, mit Pilzen bis zu vegetarischer Pizza, so dass alle mit Appetit essen konnten.

Danach räumten Vera und Sonja ihre Ware in die Regale, während Ellen und Peter bereits den Boden im Saal abdeckten und Karla mit Annie und Wenzel die Stühle und Tische zum Streichen vorbereitete.

Karla, die sich bisher am Anblick der freien Oberkörper erfreute, sah den Männern kritisch über die Schulter, als sie jetzt in Schutzanzügen die Spritzpistolen füllten.

„Macht ihr das auch ordentlich?"

Wenzel drehte sich fast empört zu ihr um. „Natürlich! Wir sind doch Fachleute."

„Ach ja?" Karla grinste fast diabolisch. „Die Titanic würde auch von Fachleuten gebaut und man weiß, was daraus geworden ist." Sie genoss ihre Pointe lächelnd noch einen Moment, dann musste sie aber eilig vor den auf sie gerichteten Spritzpistolen flüchten.

Bis zum frühen Abend waren die Wände im Saal frisch gestrichen, die Fensterfronten in weiß und die anderen Wände in seegrün. Auch die Hälfte der Möbel trocknete schon in neuem Glanz. Während Sonja und Karla noch halfen, den Fußboden zu wischen, hatten sich Vera und Annie in die große Küche zurückgezogen, um ein deftiges Irish Stew für alle vorzubereiten, das anschließend auf der Veranda gegessen wurde.

„Ich kann es kaum glauben, heute früh hatten wir hier nichts." Sonja war der Stolz über das Erreichte deutlich anzumerken. „Wir sind echt gut."

„Hattet ihr schon Zeit, euch den Gesellschaftervertrag anzusehen?" Ellen drängte die Zeit ein wenig. „Falls es noch Fragen gibt, könnte ich Nils anrufen. Er kann das alles besser erklären als ich."

Karla und Vera tuschelten und da sie den Typen sehen wollten, der Ellen so beeindruckt zu haben schien, hatten sie natürlich Fragen. Ellen rief an und Nils versprach zu kommen.

„Bis er hier ist, müssten wir noch den Namen klären, unter dem wir firmieren wollen." Ellen sah fragend in die Runde.

„Hatten wir nicht gesagt *Die vier Jahreszeiten*?" Sonja hatte sich wie immer Notizen gemacht.

„Diese Bezeichnung gilt für den Versand", entgegnete ihr Ellen. „Wir brauchen einen Namen für die Firma."

„Na, das ist doch ganz einfach", antwortete Karla lakonisch. „*Die Silver Girls*, was denn sonst."

Begeisterter Beifall ertönte immer noch, als der Anwalt kam. Nils, ein hochgewachsener skandinavischer Typ, dessen Augen genauso blau leuchteten, wie die von Ellen, fügte sich sofort gut in die Gruppe ein. Ohne Fachchinesisch, mit klaren, verständlichen Worten beantwortete er die Fragen, die eigentlich nur der Form halber gestellt wurden.

„Wenn jetzt alles klar ist und keiner mehr Fragen hat, dann sollten wir unterschreiben." Ellen begann und reichte den Stift an Karla und die anderen Gesellschafterinnen weiter.

„Muss jetzt noch etwas gemacht werden?" Ellen sah den Anwalt fragend an. Der schüttelte nur den Kopf. „Nicht mehr heute."

„Völlig richtig", rief Vera. „Heute wollen wir anstoßen und genießen, was wir schon erreicht haben."

Sie beendete jede mögliche weitere Diskussion rigoros, als sie mit zwei Weinflaschen erschien und die Gläser füllte. Wenzel, der offensichtlich kein Weintrinker war, hatte vorsorglich Bier mitgebracht.

„Willst du auch eins?", wandte er sich an Tommy, der eine Hand auf Annies Knie liegen hatte und mit der anderen den treuen Bello streichelte. „Der Hund kriegt keins, er ist noch minderjährig, aber ich nehm gerne eins", grinste der.

„Scherzkeks", murmelte Wenzel. Auch wenn er meist noch nicht so genau wusste, woran er war, die Truppe gefiel ihm trotzdem und Vera mit den dunklen Augen ganz besonders.

Am nächsten Tag beendeten Tommy und Peter die Arbeit an den Möbeln, während Vera und Annie bei einem preiswerten Großhändler Geschirr, Bestecke und Töpfe einkauften.

Sonja hatte zwar vorgeschlagen, ihre ausgemusterten Kaffeeservices zu nutzen, aber Annie war der Meinung, weißes Geschirr sei professioneller und das andere könnte immer noch die Reserve bilden.

Bei Kochlöffeln, Schneebesen, Tortenhebern und ähnlichen Sachen war sie kompromissbereit. Da waren alte Bestände oft besser.

So langsam füllten sich die Regale, dachte Vera als sie eingeräumt hatten. Für den Nachmittag hatte sich die Telefongesellschaft angekündigt und währen sie wartete, begann sie schon die ersten Tücher und Schals zu fotografieren. Für Blazer, Röcke oder Hosenanzüge würde sie Models brauchen, gut, dass alle Farbtypen schon vertreten waren.

Während Vera noch über Hintergründe für die Fotos nachdachte und die Telefon- und Internetleitung geschaltet wurde, war Sonja als gute Fee der Kleiderschränke unterwegs.

Die Sache begann ihr immer mehr Spaß zu machen. Sie spürte, wie ihr Selbstvertrauen wuchs, denn die Kundinnen staunten sie fast andächtig an, wenn der Schrank, der vorher ein Bild des Grauens bot, jetzt regelrecht zum Schauen einlud.

Auch bei dieser Kundin, die sie gleich an ihre Schwester weiter vermittelte, gab es Einzelstücke, die ihr dankbar in die Hand gedrückt wurden, weil kleine Schäden, den Verkauf erschwerten.

Sonja reparierte sie gleich am Nachmittag und brachte einiges zur Reinigung.

Am nächsten Tag löste sie ihr Versprechen ein, auch Vera bei ihrem Kleiderschrank zu beraten. „Ich sehe schon, über deinen Wintertyp wusstest du Bescheid, beim Stil warst du oft unsicher."

„Dass du das schon an meinem Kleiderschrank siehst", wunderte sich Vera. „Urplötzlich das viele Geld und das Jet-Set-Leben, das hat mich einfach überfordert. Wann musst du was tragen, was ist total overdressed, mit welchen Stücken wirkst du prollig? Das war echt belastend. Jetzt fange ich langsam an, mich selbst wieder zu finden, so wie ich vor dem Geld war. Und ihr helft mir wirklich sehr dabei."

Dankbar umarmte sie Sonja, die die Umarmung herzlich erwiderte, Vera aber dann vor den Spiegel schob.

„Du bist ein klassischer Typ, schlank, schmal gebaut. Zu dir passt gut geschnittene Kleidung in gedeckten Winterfarben. Du musst nicht immer Kostüm tragen, Jackenkleid und Hosenanzug sind genauso passend.

Aber was gar nicht geht, sind Rüschen, große Muster oder auch stark glänzende Stoffe. Die zwei Carmen-Blusen und der Ballonrock dürften auf die Abschussliste."

Während Sonja Kleidungsstücke von der Stange nahm und ge-

eignete Kombinationen zusammenstellte, suchte Vera eher
noch ein vertrauliches Gespräch.

„Weißt du eigentlich Genaueres über Wenzel?"
Sonja schüttelte den Kopf. „Nein, eigentlich nicht. Aber ich finde ihn sehr nett, er hat so etwas Solides, Beständiges."

„Das finde ich auch. Er hat am Wochenende meinen Rasen ge-
mäht, einfach so. Ich hatte mich schon seelisch und moralisch
darauf eingestellt, die riesige Fläche zu mähen, aber als ich nach
unten kam, da war sie schon fertig. Ich finde so etwas viel ro-
mantischer als Blumen oder Geschenke. Denkst du, er hat es
auch so gemeint?"

„Das könnte durchaus sein, so wie er dich anschmachtet, das ist
keinesfalls zu übersehen." Sonja imitierte etwas übertrieben die
anbetende Miene.

„Na ja, wenn es einen selbst betrifft, ist man doch meist etwas
begriffsstutzig. Aber dir ist bestimmt gleich klar gewesen, wie
Peter dich ansieht. Das war doch früher schon so."

„Du übertreibst", lachte Sonja, „lass uns lieber weiter machen."
Nachdem der Kleiderschrank in seiner neuen Ordnung strahlte,
war der Nachschub für den Versand weiter gewachsen. Einige
Stücke, die das Siegel der Reinigung noch trugen, hängte Sonja
gleich in ihr neues Warenlager.

Neben den großen Regalen, waren noch Garderobenstangen
eingezogen worden, die Annie aus der Wohnung mitgebracht

hatte. Sonja schätzte gerade ab, wie viel Platz noch bleiben würde, wenn sie ihren Abstellraum geleert hätte.

Sie sah sich um. Wenn sie jetzt schon ihre Nähmaschine hier hätte, wären die kleinen Reparaturen doch schneller erledigt, oder? Hoppla, was waren denn das schon wieder für Gedanken? Ellen gegenüber hatte sie bisher immer betont, am Programm teilzunehmen zu wollen, ohne hierher zu ziehen. Aber Tag für Tag fiel es ihr schwerer, wieder in ihre leere Wohnung zurückzukehren. Nur gut, dass sie morgen wieder Gäste haben würde.

12. Kapitel,

in dem die rechtliche Vorsorge und ein Geständnis eine Rolle spielen

Die Weiberrunde traf sich diese Woche bei Sonja, um eine erste Bilanz zu ziehen und zu prüfen, welche Punkte des Programms noch mehr Aufmerksamkeit brauchten.

Nach und nach trudelten alle ein. Sonja hatte Hasenpfeffer nach dem Rezept ihrer Oma vorbereitet und als Beilage nicht die üblichen Bandnudeln, sondern die neuen Konjak-Nudeln gedämpft.

Dazu passte der kräftige Rotwein sehr gut, wie Karla gleich nach dem ersten Schluck feststellte. Vom Geschmack der Nudeln, die überhaupt nicht nach Cognac schmeckten, war sie etwas enttäuscht. Aber dass sie kaum verwertbare Kohlenhydrate enthielten, versöhnte sie wieder.

Nach dem gelungenen Essen, legte Ellen ihr Programm auf die Tischplatte, um Erledigtes abzustreichen.

„Genau genommen gibt es von den 10 Punkten aus unserem Programm gegen Jugendschwund nur noch zwei, mit denen wir uns nicht gründlich beschäftigt haben. Für 11 Wochen ist das ein super Ergebnis. Bedenkt doch mal, was wir bisher gemeinsam geschafft haben, wir ernähren uns besser…"

„Der Wein ist heute auch deutlich besser!" Karla konnte es einfach nicht lassen, Ellen zu provozieren. Die zuckte zwar mit den Mundwinkeln, ließ sich aber nicht beirren.

„Wir arbeiten intensiv an einem dauerhaften Geldregen, tun etwas für unser Gedächtnis, haben das Wohnumfeld angepasst, die Löffel-Liste vorbereitet"…

„Und nicht zu vergessen", rief Annie. „Ich mache mehr Sport in einer Woche, als früher in einem Jahr."

„Unsere Walkinggruppe ist ein voller Erfolg. Karla hat sich auch schon öfter sehen lassen und Annie ist regelmäßig dabei."

„Ich brauche schließlich Kondition", lachte Annie, „dieser Mann hat eine Energie!"

„Außerdem bist du zurzeit die einzige, die im Punkt 6 für uns so was wie ein Ehrentor schafft. Aber", Karla breitete dramatisch die Arme um Sonja und Vera, „wir sind dir auf den Fersen. Und darauf trinke ich."

„Zum Punkt 7 – Rechtliche Vorsorge treffen- hätte ich einen Vorschlag." Ellen schaute in die Runde. „Vermutlich ist keiner von uns auf diesem Gebiet kompetent. Ich habe mit Nils ausgiebig darüber gesprochen. Er sagt, wir bräuchten unbedingt eine Vorsorgevollmacht sowie eine Patienten- und Betreuungsverfügung. Diese Dokumente sollten aber für jede individuell und aktuell formuliert werden."

„Oh, da passe ich, ich erinnere mich nur zu gut, an den Papierkrieg bei meiner Mutter." Annie schüttelte so entschieden den

Kopf, dass ihre roten Locken flogen. „ Alleine mache ich das nicht!"

Ellen lachte und klopfte ihr beruhigend auf die Hand.

„Das musst du auch nicht. Obwohl Nils nicht mehr praktiziert, würde er mit jeder von uns, die vorbereitete Unterlagen an unsere Vorstellungen und Erwartungen anpassen. Das kostet zwar eine kleine Gebühr, aber dann hätten wir alles erledigt. Was meint ihr dazu?"

„Ich würde mich damit auf jeden Fall sicherer fühlen, es gibt zwar überall Vordrucke, aber, das weiß ich noch von früher, einige sind ungültig. Ich hätte also gerne einen Termin. Läuft das über dich? " Sonja sah Ellen mit diesem wissenden Lächeln an, das ihre Freundin schon in der Schulzeit regelmäßig in Verlegenheit gebracht hatte.

„Ja, es läuft über mich, und ja, wir mögen uns sehr. Sieht man mir das an der Nasenspitze an?"

„Halleluja zum zweiten!" Karla prostete Ellen zu. „Dann können wir den Punkt 6 ja schon zum 2. Mal abhaken. Hoffentlich bin ich die dritte! Übrigens", wandte sie sich an Annie, „wie läuft`s denn so im Paradies?"

„Sehr gut!" Annie strahlte eigentlich nur noch. „Wir hatten einige Anlaufprobleme. Ich brauchte Platz für meine Küchengeräte und hatte ein paar Werkzeuge woandershin gepackt, da wurde meiner grantig, wie ein Löwe mit Verstopfung.

Wo ist denn mein Hammer, wo ist meine Bohrmaschine?"

„Darüber musst du dich überhaupt nicht aufregen. Das ist garantiert ein genetischer Defekt", grinste Karla. „Ich kenne keinen Mann, der nicht mit der Frage, *Wo ist denn mein…?* schon aus dem Mutterleib gekommen wäre."

Annie lächelte nur und nickte. "Zum Glück hat er ja jetzt seine Werkstatt und Platz für seine Sachen. Wenn er sich dorthin zurückzieht, dann lasse ich ihn. Der kommt schon wieder."

„Genauso ist es richtig, bleib dabei!"Sonja nickte Annie bestätigend zu.

„Bleibt noch der Punkt Pflegen und Verwöhnen", setzte Ellen fort. „Das könnten wir nächste Woche bei mir behandeln, ich lade wieder jemanden ein."

„Und ist es auch jemand, der das Geheimnis des jüngeren Aussehens kennt? Denn daran sind wir vorrangig interessiert, obwohl wir uns schon wesentlich jünger fühlen." Sonja sah bestätigend in die Runde und nur nickende Gesichter.

Aber Ellen winkte ab. „Ihr kennt doch Wendy und wisst, dass sie dafür Expertin ist. So, soviel zum Programm.

Lasst uns jetzt zu dem Thema kommen, das uns Spaß, Abenteuer und mehr Geld bescheren soll. Reden wir über unseren Versand. Ich habe meine Aufträge jetzt abgeschlossen und mit unserer Website begonnen. Dazu brauchte ich aber Fotos von unserem Angebot. Wie sieht es da aus?"

„Wir müssten die Sachen erst mal zum Treffpunkt bringen", wandte Sonja ein.

„Tommy kann euch mit dem Kleinlaster fahren, dann reicht eine Fahrt. Ich schicke ihm gleich eine SMS, dann wissen wir, ob es klappt." Annie tippte mit einer Geschwindigkeit, um die Sonja sie beneidete. Sie hatte sich zwar auch ein Smartphone zugelegt, betrachtete es aber immer noch mit einer gewissen Vorsicht.

„ Das glaube ich einfach nicht, die hocken schon wieder zu dritt in der Werkstatt, aber mit morgen geht klar. Ist 10.00 Uhr recht?" Sonja nickte Annie zustimmend zu, eine Sorge weniger. „Ich hätte noch einen Vorschlag."

Vera, die bisher geschwiegen hatte, schaute auf ihre Notizen. „Bisher habe ich 42 Tücher und Schals drapiert oder gestapelt aufgenommen. Für die Pullis, T-Shirts und Blazer benötige ich Models für Brustbilder oder auch Halbfotos für Hosen und Röcke. Da brauche ich jeden von euch, der in den nächsten Tagen Zeit hat."

„Das ist kein Problem", meldete sich Annie. „Ich habe morgen nur meine Koch-Show und danach gehört dir mein Körper."

„Meiner gehört morgen meinem Doktor, er hat mich zu einem Landausflug eingeladen." Karla strahlte schon bei dieser Ankündigung. „Übermorgen bin ich dann wieder frei."

„Prima!" Vera notierte die Verfügbarkeit akribisch, obwohl sie schon erste Wirkungen des Soja-Lecithins spürte.

„Ich hatte die Idee, dass wir die Jahreszeiten durch eine Ankündigungsseite trennen und dass auf jeder Seite jemand von uns in einem farblich passenden Out-fit für unser Angebot wirbt. Sonja könnte das zusammenstellen. Winter kann ich in meiner Wohnung fotografieren, Frühling und Sommer auf der Terrasse. Nur der Hintergrund für den Herbst war bisher noch ein Problem, aber jetzt weiß ich, wir machen das bei dir, Sonja. Deine Wohnung hat genau die richtigen Farben."

„Telefon und Internet funktionieren, der gebrauchte Computer auch, Verpackungsmaterial ist auch da und noch liegen wir im Limit", stellte Karla zufrieden fest.

„Das bedeutet, wir können uns demnächst wieder unserem Treffpunkt zuwenden und wenn alles klappt, im nächsten Monat eröffnen." Ellen sah strahlend in die Runde, sah aber nur zweifelnde Gesichter.

„Natürlich müssen wir noch ausdiskutieren, wer was machen kann, wie oft wir das Haus öffnen oder nicht, aber irgendwann wird es ernst. Wir werden alle ins kalte Wasser geworfen. Sagt Bescheid, wenn ihr Schwimmwesten braucht."

„Haben wir eigentlich schon einen Namen für unseren Treffpunkt?" Vera war nicht sicher, ob sie irgendetwas verpasst hatte.

„Na, *Silver Girls*, genau wie die Firma, dachte ich", rief Karla.

In die allgemeine Zustimmung mischte sich Annie. „Ich habe

neulich bei den Männern in der Werkstatt Meinungsforschung betrieben. Sie sagen, wenn *Zu den Silver Girls* auf dem Schild steht, dann fühlen sich alle eingeladen, weil dort interessante Frauen warten. Das war O-Ton aus der Werkstatt, aber ich finde es auch besser."

„Ich würde mich dem auch anschließen und es noch klarer ausdrücken", lächelte Ellen. „Wir schreiben auf das Eingangsschild *Zu den Silver Girls – Treffpunkt für Junggebliebene*".

„Darauf trinke ich", rief Karla, „genauso machen wir es."

Am nächsten Morgen überstürzten sich die Ereignisse und Sonja war dankbar für ihren straffen Tagesplan, so dass sie drei starke Männer eine halbe Stunde vor der vereinbarten Zeit nicht überraschen konnten. In Windeseile war der Abstellraum geleert und die Kleidung gut verpackt auf dem Laster gelagert.

„Wir könnten dich gleich mitnehmen, aber zu viert passen wir nicht in die Kabine", begann Tommy. „Ich würde Peter erst mal hierlassen, falls noch etwas gemacht werden muss. Und wenn wir abgeladen haben, hole ich euch dann wieder ab. Einverstanden?"

Sonja lächelte. „Habe ich eine Alternative? Vermutlich nicht. Peter, magst du einen Kaffee, solange wir warten? Für euch habe ich dann auch noch einen."

Als Sonja mit dem Kaffee ins Wohnzimmer kam, schaute sich

Peter gerade aufmerksam ihr Bücherregal an. „Du hast eine sehr schöne, gemütliche Wohnung", lobte er.

Sonja lächelte. „Stuck an der Decke, das war schon immer mein Traum. Alles andere hat sich dann angepasst."

Als beide mit ihrem Kaffee in der gemütlichen Sesselecke saßen, sah Sonja Peter fragend an. „Also, hier muss nichts gemacht werden, aber du hast offensichtlich ein Problem? Wofür brauchst du einen Rat?"

Peter schüttelte den Kopf. „So warst du schon früher. Du bist immer sofort bereit zu helfen. Also gut. Ich brauche tatsächlich einen Rat."

„Schieß los, wenn ich kann, werde ich dir helfen."

„Es gibt da eine Frau, die ich schon sehr lange mag, eigentlich schon immer. Aber sie sieht mich nicht."

„Wieso ist sie blind oder sehgeschädigt?" Sonja beugte sich interessiert vor.

„Nein, so ist es nicht." Peter begann langsam an seinem Vorhaben zu zweifeln. Als sie in der Werkstatt darüber gesprochen hatten, schien alles so einfach und klar zu sein.

„Es ist mehr so, dass sie mich nicht wahrnimmt, dass sie nicht bemerkt, dass ich sie verehre."

„Vielleicht bist du zu schüchtern?"

Sonja war nach außen hin ganz die verständnisvolle Freundin, aber innerlich bebte sie. Hatte Vera vielleicht doch recht?

Ihr Herz begann heftig zu klopfen, hoffentlich bekam sie nicht ausgerechnet jetzt einen Herzanfall.

Kaffee war vielleicht doch nicht das Richtige gewesen, was sie eher brauchte, wäre eine Ganzkörperabkühlung gewesen.

Hastig trat sie ans Fenster. Wenn sie jetzt auf Peter zugehen würde, er aber doch an Ellen interessiert wäre…. Dann wäre sie die Blamierte!

„Was hast du denn bisher unternommen?" Klang ihre Stimme so zittrig, wie sie sich fühlte?

Peter schien es nicht aufzufallen. Er seufzte und stand ebenfalls auf. „Auf die Gefahr hin, der letzte Trottel zu sein: Ich schmachte sie an, ich habe es geschafft, sie zum Eis einzuladen und jetzt warte ich darauf, dass es Zoom macht."

„ Dann solltest du mich endlich küssen, du Trottel."

Gerade als sie das ausgiebig taten, klingelte es natürlich an der Tür. Sonja strich sich schwer atmend die Haare zurück und flüsterte: „Bleib hier, lass mich das machen."

Als sie die Tür öffnete, sahen Tommy und Wenzel überrascht nur ihr ernstes Gesicht.

„Wo ist Peter?"

„Seid vorsichtig, er hat ein paar Probleme."

„Oh, Mann, das wollten wir nicht! Ist es sein Herz?"

„Gut möglich", antwortete Sonja und öffnete die Tür, hinter der sie einen strahlenden Peter sahen.

„Ihr Strategen", rief Sonja gespielt streng, „ihr wolltet eine harmlose, alte Frau reinlegen."

Tommy lachte und umfasste ihre Schulter. „Sonja, du kannst wirklich vieles sein, aber harmlos garantiert nicht!"

Nachdem sie alle ihren inzwischen frisch zubereiteten Kaffee getrunken hatten, fuhren sie gemeinsam in Tommys Auto zum Treffpunkt.

„Wir haben noch eine kleine Überraschung für dich. Hoffentlich gefällt sie dir", flüsterte Peter ihr kurz vor dem Eingang zu. Und diese Überraschung war wirklich gelungen.

In ihrem Abstell- und Arbeitsraum standen zwei Nähmaschinen. Schon als Sonja die Overlook-Maschine erkannte, leuchteten ihre Augen auf. Die zweite war eine gebrauchte Industrienähmaschine, mit der sie schwere Ware nähen konnte.

„Super", jubelte sie und fiel allen dreien um den Hals, bei Peter etwas länger. „Wo habt ihr die denn aufgetrieben?"

„Wie immer, bei einem Bekannten von Bekannten."

Tommy schien noch etwas auf dem Herzen zu haben.

„Genau genommen wollten wir dich damit ein bisschen bestechen. Wir haben nämlich eine große Bitte an dich."

„Kein Problem! Wenn ich kann, helfe ich gerne."

Sonja konnte sich kaum konzentrieren und hätte am liebsten die Nähmaschinen ausprobiert. Sie bemühte sich aber zu zuhören, während sie liebevoll über die gut gepflegten Maschinen strich.

„Mein früherer Stellvertreter hat sich ausgerechnet in eine Frau aus Bayern verliebt. Das ist kein Problem, denn sie zieht demnächst hierher. Aber Kalle, mein Kumpel, hat eine Datsche am See, die er heiß und innig liebt. Sie aber, hat angekündigt, in diese Zumutung von einer Laube geht sie nicht. Jetzt wollen wir das Teil ein wenig aufmischen, die Möbel ein wenig ländlich gestalten, lackieren und so.

„Ich verstehe, ihr macht seine Datsche zu einem Landhaus." Tommy sah sie begeistert an und wandte sich dann zu den anderen. „Habe ich euch das nicht gleich gesagt, Sonja versteht sofort, was wir brauchen. Könntest du uns dabei ein wenig unterstützen? Du hast eher das Händchen für Gardinen und solche Sachen."

„Ich muss die Out fits, die heute fotografiert werden, zusammenstellen und Vera helfen, aber so gegen drei hätte ich Zeit."

„Gut, wir holen dich ab." Sichtlich erleichtert machten sich die Männer auf den Weg Richtung Werkstatt.

Während Sonja noch die Kombinationen für den Frühling zusammenstellte und Vera für den Abblendschirm die beste Position suchte, rauschte Annie herein.

„Für euch beide habe ich etwas zu essen mitgebracht, weil ihr schon wieder schuftet, wie die Sklaven. Ich habe schon früher gegessen, damit ich auch so schlank aussehe, wie ich mich fühle."

Nach der kurzen Essenpause, posierte Annie ganz gekonnt vor einem großen Busch mit gelben Blüten, die gut in die Frühlingspalette passten.

„Super, du machst das wie ein Profi!" Vera war schon bei den ersten Aufnahmen sehr zufrieden.

Was folgte, waren Brustbilder mit T-Shirts, Rollis und Blusen, die danach eher hintergrundneutral im Treffpunkt aufgenommen wurden. Nach einigen Aufnahmen in einem hinreißenden grünen Hosenanzug, hatte Annie ihre Aufgabe gelöst.

Sie schaute sich noch mit Sonja und Vera die Aufnahmen an, als die Männer erschienen, um ihre Helferin abzuholen.

Das Häuschen, das Sonja am See sah, schien sehr solide und stabil zu sein. Es hatte doppelte Datschengröße und ein schönes rot gedecktes Schrägdach, aber innen lauerte der blanke Horror. Tapeten mit großen Blumen in leuchtendem Rot stritten sich förmlich mit der orangefarbenen Couch um das hässlichste Aussehen, während die Sessel mit Flecken übersät wären, deren Ursprung vermutlich nur der liebe Gott kannte.

Dazu kamen noch die üblichen Möbel aus Rüster, die früher fast in jedem Wohnzimmer gestanden hatten.

„Die Möbel nehmen wir mit." Tommy zog seine Notizen aus der Tasche. „Die werden mit Leisten aufgepeppt und weiß-blau lackiert. Das machen Peter und ich. Wenzel kümmert sich um

Blumenkästen vor dem Fenster und um den Rasen. Was machen
wir mit dem Rest?"

Hoffnungsvoll sah er Sonja an.

„Das ist doch schon die richtige Richtung, es soll so eine Art
Berghütte werden, oder? Entsorgt die Polstermöbel, hier gehören eine Eckbank, ein Tisch und ein paar urige Stühle hin. Gut,
dass der Fußboden schon Dielen hat. Wenn ihr noch die Tapeten
weiß überstreicht, kommen die lackierten Möbel auch gut zur
Geltung. Ich würde euch Gardinen, Kissen und Decken in weiß-
blauem Karostoff nähen, dann sieht es für die Frau heimatlicher
aus. Wenn ihr die Zeit und das Geld habt, wäre ein frischer Au-
ßenanstrich gut, vielleicht auch mit abgesetzten Leisten. Lüft-
lmalerei kann wahrscheinlich keiner von euch, also muss es
auch so gehen."

13. Kapitel,

in dem es um das Pflegen der Haut und wichtiger Kontakte geht

Der nächste Morgen verlief fast wieder so turbulent, wie der vorherige. Gleich nach dem Frühstück erschien Vera mit den Herbstkombinationen, die in Sonjas Wohnung aufgenommen werden sollten.

„Wir haben gerade so wundervolles Licht, das deine Wohnung leuchten lässt, wie Herbstlaub. Lass uns schnell anfangen."

Sonja hatte am Vortag gut aufgepasst und setzte sich genauso gekonnt in Szene, wie Annie.

„Brustbilder machen wir besser vor der hellen Wand im Treffpunkt, sonst hätte ich zu viel transportieren müssen."

Bis Mittag war auch das geschafft und Sonja überhaupt nicht erschöpft oder müde. Obwohl sie gestern Abend noch ziemlich lange mit Peter telefoniert hatte. Es gab so vieles, was er wissen wollte und vieles, was sie hören musste, um zu glauben, dass so etwas wirklich ihr passierte.

Als sie gerade noch im Saal mit Vera tuschelte, um ihr zu bestätigen, wie recht sie mit ihrer Vermutung hatte, traf Karla mit einem strahlenden Lächeln und der Haltung einer Königin ein. Sie stutzte kurz, als sie nicht die gewollte Wirkung erzielte und grummelte.

„Meinetwegen braucht ihr mit dem Flüstern nicht aufzuhören."

„Doch", grinste Sonja. „Wir haben gerade über dich gesprochen und es macht keinen Spaß, wenn wir das nicht hinter deinem Rücken tun können."

Karla stutzte wieder, dann schloss sie Sonja in die Arme.

„Ein Wunder ist geschehen. Wir haben die alte Sonja wieder, frech wie Oskar, das habe ich vermisst. Ich hoffe, ihr habt mich auch vermisst?"

„Natürlich, wie war der Landausflug? Mit oder ohne Übernachtung?" Sonja grinste schon wissend, nur Vera schaute etwas überrascht.

„Ich sage nur Halleluja zum Dritten, mein Theo ist eine Wucht!"

„Er heißt Theo? Sag nicht ihr ward in…"

„Nein, wir waren nicht in Lodz und er ist in vielerlei Hinsicht kein faules Murmeltier, sondern echt eine Überraschung. Aber hier hat sich auch eine Menge getan. Ich war nur einen Tag weg und ausgerechnet dann hat sich Peter getraut? Halleluja zum Vierten!"

„Ach, du wusstest es auch schon?" Jetzt war Sonja perplex.

„Ach Süße, er hat uns doch früher schon immer sein Leid geklagt. Der Mann verdient einen Orden, so lange, wie er dich schon liebt."

Nachdem Sonja noch die Winterkombinationen für Karla zusammengestellt und die Sommermode für Ellen vorbereitet hatte, machte sie sich auf den Heimweg.

Natürlich nicht, ohne vorher noch zum Stoffladen zu gehen. Sie freute sich, als sie genau das fand, was sie sich vorgestellt hatte. Die typische weiß-blaue Raute mit einigen roten Herzchen.

Nach einem schnellen Essen machte sie sich sofort an die Arbeit. Solche Aufträge machten einfach Spaß! Nachdem sie die Vorhänge, eine Tischdecke und zwei Kissenbezüge vorbereitet hatte, rief sie an, um nach den Maßen der Bank zu fragen.

Tommy war gerade beim Sprayen und Peter war am Telefon.

„Wir können die Bank erst morgen abholen und die Möbel sind schon beim Trocknen. Hast du Lust auf einen Eiskaffee? Gut, ich hole dich ab."

Sonja konnte nicht fassen, wie schnell sie auf diese Ankündigung hin, ihren Tagesplan änderte. In Windeseile waren die Stoffreste verpackt, das Kleid gewechselt, die Zähne geputzt und die Frisur aufgefrischt. Als Peter klingelte, war sie bereit. Den Eiskaffee gab es auch noch, etwas später und aus Sonjas Kühlschrank.

Am nächsten Morgen fuhren sie gemeinsam zur Werkstatt und übersahen tapfer die grinsenden Gesichter der anderen.

„Habt ihr schon die Bank, ich brauche die Maße für die Auflage?"

„Ganz so früh haben wir euch nicht erwartet", grinste Tommy

und notierte die Maße auf einem Zettel.

„Aber Peter brauchen wir jetzt wieder hier. Komm, Alter, keine Zeit für Erholung!"

Sonja ging lachend zum Treffpunkt zurück, sie fühlte sich gut und das konnte ruhig jeder sehen.

Ellen, die sich gerade auf ihre Fotos vorbereitete, warf nur einen Blick auf Sonja und umarmte sie stürmisch.

„Wer hätte das damals vermutet, als wir beide auf dem Bahnhof standen. Nach so kurzer Zeit und wir sind beide happy! Super, jetzt fehlt nur noch Vera."

„Das ist lediglich eine Frage der Zeit", flüsterte Sonja, da Vera gerade den Raum betrat. „Der Springer läuft schon."

Am nächsten Tag fand der Weiberabend bei Ellen statt und alle waren außerordentlich gespannt auf Wendys Tipps für eine jugendliche Haut. Die erste Überraschung des Abends aber waren Veras Aufnahmen. Sie hatte für jeden Farbtyp eine Aufnahme ausgedruckt, die restlichen zeigte sie auf ihrem Tablet.

„So wie wir aussehen, haben wir doch gar keine Schönheitstipps nötig!" Karla war echt beeindruckt.

Ellen lächelte. „Du hast uns ziemlich geschönt, oder?"

„Ich habe alles getan, was für den Verkauf nötig ist", grinste Vera.

„Wenn ich bei Ellens Foto nicht wüsste, dass es auf deiner

Dachterrasse geschossen wurde, hätte ich eher an Griechenland gedacht. Vera, du bist echt ein Profi. Und mein Foto finde ich auch toll. Danke!" Sonja umarmte sie dankbar.

In der Zwischenzeit hatte auch Annie die Fotos auf dem Tablet geprüft. „Die sehen echt gut aus. Und der grüne Hosenanzug hat genau die gleiche Farbe. Wenn ich etwas im Internet bestelle, sieht die Farbe hinterher oft ganz anders aus."

„Ich mache den Weißabgleich manuell, das nimmt schon viele Probleme."

„Wenn du die Fotos schon in unseren Speicher gepackt hast und die Damen Hunger haben, können wir essen." Ellens Ankündigung rief alle an den Tisch zurück.

Im gleichen Moment klingelte es und Wendy wurde unter großem Hallo begrüßt.

Als endlich alle Platz um Ellens großen runden Tisch gefunden hatten, kam sie mit einem großen Tablett.

„Eigentlich wollte ich heute Salate machen, aber da es den ganzen Tag geregnet hat, gibt es etwas Warmes. Bratwurst, Püree und Brokkoli, alles nach dem LOVE-Prinzip."

Annie überflog kurz ihren Teller mit einem Blick. „Oh frische Putenbratwurst, die mag ich auch am liebsten. Das Püree ist aus Blumenkohl, sehr geschickt mit Kurkuma gefärbt, Brokkoli als grünes Gemüse, Omega-3-Fettsäuren sind in den Walnüssen und dem leicht gerösteten Leinsamen. Das duftet lecker."

„Und schmecken tut es oberlecker", rief Sonja. „Ein Lieblingsessen ist es auch, das kenne ich noch von früher."

Auch die Melonenbowle nach dem gleichen Prinzip, fand be-
geisterten Anklang und alle waren in bester Stimmung, als
Wendy zu reden begann.

„Ab 60 hat Frau es nicht mehr nötig, sich über den Grad der
Begehrtheit beim männlichen Geschlecht zu definieren.
Das macht entspannter und gelöster und lässt die innere Schön-
heit mehr nach außen strahlen. Diese spezielle Mischung aus
Souveränität, Gelassenheit und Power hat man selten früher."

„Das stimmt." Ellen hatte diese Feststellung auch schon getroffen. „Als ich 40 war, hat mich jede Falte unglücklich gemacht.
Heute stören sie mich zwar immer noch, aber sie halten mich
nicht auf."

„Jedes Jahrzehnt im Leben einer Frau bringt andere Erfordernis-
se für die Hautpflege", setzte Wendy fort. „ Das ist einfach so,
weil wir die Uhr nicht wirklich zurückdrehen können. Aber die
Schauspielerin Olga Tschechowa hat mal einen schönen Satz
gesagt: *Kosmetik ist die Kunst, die Geburtsurkunde zu dementie-
ren.* "

„Das sehe ich auch so. Und ab heute wird es noch besser werden." Zufrieden mit der Aufmerksamkeit lehnte sich Karla jetzt
wieder brav zurück und Wendy sprach weiter.

„Ab 60 sind drei Dinge besonders wichtig für eine schöne Haut.

1. eine ausgewogene Ernährung; 2. ausreichend Flüssigkeit, also die berühmten 2 Liter am Tag und 3. die äußere Pflege mit viel Feuchtigkeit, mit Lipiden und Hyaluronfillern.

Da ich weiß, dass ihr schon eure Grundausstattung habt, achtet beim nächsten Einkauf vor allem auf eine sehr gute Nachtcreme. Nachts muss viel repariert werden, da ist Hyaluron erforderlich, weil es uns wieder aufpolstert, wo uns sonst die Gesichtszüge zu entgleiten drohen.

Ab und zu sollte ein Lifting Serum sein, entweder bei mir oder auch zu Hause. Das stärkt und festigt die Konturen.

Für die entscheidenden Minuten vorher, sollte Frau auch einen Lift-Roll-on in der Handtasche haben, der erfrischt sehr schnell das Gesicht und mildert die feinen Linien um die Augen.

Bei dekorativer Kosmetik sollte es in jedem Lebensjahrzehnt eine Nuance sanfter werden. Schwarz umrandete Augen gehören dann wirklich zu den Grufties."

„Was hältst du von alten Hausmitteln?" Sonja beugte sich interessiert vor.

„Sehr viel", lächelte Wendy. „Meine Großmutter hat immer etwas Nachtkerzenöl in der Hand angewärmt und sich damit das Gesicht eingerieben. Sie hat noch immer eine jugendliche Haut und ist schon 94. Heute weiß ich, dass Nachtkerzenöl für Reproduktionsprozesse in der Haut gebraucht wird, aber früher dachte ich, es sei ein Zaubermittel für Schönheit."

„Meine Großmutter hat Aprikosenkernöl einmassiert, das war wie ein Ritual, um ewig jugendlich zu strahlen und hat garantiert auch geholfen."

„Ich kann mich erinnern, Sonjas Großmutter hatte eine wunderbare Haut, obwohl sie damals gar nicht so viele Pflegemöglichkeiten hatten" Ellen klang nachdenklich.

„Meine Oma stand eher auf Hefe." Annie grinste schon bei der Ankündigung. „Als ich Pickel kriegte, hat sie Hefe in Milch gerührt und mir ins Gesicht geklatscht. Nach einiger Zeit wurde das Ganze hart wie Stein, ich konnte nicht mal Hilfe rufen, bis sie es wieder abgewaschen hat. Aber es hat geholfen."

„Das ist das Wichtigste, ob bei alten Hausmitteln oder moderner Kosmetik, man muss sich damit gut fühlen und es muss Wirkung zeigen. Aber wenn ich euch so ansehe, habt ihr doch schon ein Verjüngungs-Elixier entdeckt."

„Ein guter Liebhaber ist die beste Medizin gegen das Älterwerden. Das ist nicht von mir ", rief Karla. „Aber es stimmt und darauf sollten wir trinken!"

Eigentlich sollte jetzt der gemütliche Teil beginnen, aber Veras Handy klingelte und sie rannte aufgeregt nach draußen. Nach zehn Minuten kam sie mit dem berühmten 1000-Watt-Lächeln wieder.

„Ihr werdet es nicht glauben! Wir haben schon wieder eine Anfrage für einen Auftritt, gleiches Programm, gleicher Ort und wenn wir es machen, gibt es sogar 3.000 Euro."

„Eigentlich hatte ich das Halleluja anderen Freuden vorbehalten, aber jetzt brauche ich es doch. Es knirschte nämlich schon ziemlich in unserem Finanzplan, aber damit können wir noch eine schöne Eröffnungsfeier für unseren Treffpunkt machen." Karla war höchst zufrieden.

„Wann soll denn der Auftritt sein?"

„Wer ist denn der Veranstalter?"

„Ziehen wir wieder das gleiche an?" Die Fragen prasselten nur so auf Vera nieder, bis sie die Hände hob.

„Stopp, der Reihe nach. Der Auftritt soll übernächstes Wochenende sein. Veranstalter ist eine Gruppe von 40 Rotariern, die in den fünfziger Jahren in die USA ausgewandert sind. Sie sind auf einer Europareise und hatten sowieso eine Party zu diesem Thema geplant.

Aber irgendeiner von den Oldtimern hat einem Bekannten in den Staaten davon erzählt. Und jetzt sind sie ganz heiß auf uns. Lieblingslieder gibt es gleich zwei, *Moonlight* und *Damals*. Wenn wir wollen, können wir die gleichen Kleider wieder haben. Punkt. Und jetzt brauche ich etwas Bowle auf die Überraschung."

Ellen sah kurz auf die Uhr, dann holte sie ihre Gitarre.

„*Damals* haben wir wahrscheinlich damals zum letzten Mal gesungen. Sonja, du kannst den Text bestimmt noch. Sing solo, wir stimmen dann mit ein."

Und wie immer, wenn die ersten Akkorde der Gitarre erklangen, fügten sich die Textzeilen ohne Schwierigkeiten aneinander und der Gesang erklang wie immer sicher und zweistimmig.

Wendy klatschte begeistert Beifall. „Wenn ich wieder im Publikum sitzen darf, mache ich euch das beste Star-Make-up. Soviel Spaß hatte ich schon lange nicht."

Als sich alle auf den Weg nach Hause machten wollten, klingelte Annies Handy. Sie schaute kurz auf das Display und nickte Sonja zu. „Unsere Eskorte wartet unten, wir werden nach Hause geleitet. Tschüs Mädels, bis nächste Woche bei Vera."

Am nächsten Tag, wieder nach einer turbulenten Nacht, hatte Sonja die Auflage für die bayerische Eckbank endlich fertig gestellt und fuhr zum Treffpunkt, um die Boleros und Nickytücher vorzubereiten. Die Gala-Kleider würden erst kurz vorher abgeholt werden. Vera arbeitete gerade an einem Flyer, mit dem die Farb- und Stilberaterinnen der Stadt über den Online-Versand „Die vier Jahreszeiten" informiert werden sollten. „Das sieht toll aus!" Sonja war total überrascht, was Vera aus ihren Fotos und imaginären Landschaften im Hintergrund gezaubert hatte. „Und da sagst du, du könntest keine Kurse geben. Ich würde gerne lernen, wie man Fotos so verändert, du bist eine echte Künstlerin!" Vera freute sich über das Lob, wandte sich dann aber wieder ihrer Arbeit zu. „Die Männer haben dich gesucht, vielleicht solltest du mal rüber gehen."

Als Sonja zur Werkstatt kam, saß dort nur Tommy grinsend auf der Werkbank und unterhielt sich mit Bello. „Suchst du Peter, der ist nicht da. Sonst hat immer er, dich gesucht. Gib zu, jetzt ist er dir ans Herz gewachsen."

„Na, das fehlte mir gerade noch!" Sonja grinste provozierend zurück. Im selben Moment umarmte sie der hereinkommende Peter und lachte.

„Das wusste ich doch schon immer, ich bin genau das, was dir noch fehlt."

„Kein Gesäusel während der Arbeitszeit!" Tommy klang gespielt streng. „Hat er es dir schon erzählt? Deine Idee hat uns inspiriert. Das machen wir drei weiter, wahrscheinlich auch in einer Mini-GmbH. Unter dem Slogan: *Wir machen ihre Datsche zum Landhaus!* Wie findest du das? Und vor allem, können wir an der Gardinenfront ab und zu mit dir rechnen?"

„Kein Problem. Aber sollten wir nicht wenigstens das erste Projekt abschließen, ehe neue kommen?"

„Schon geplant! Wenn du morgen Nachmittag Zeit hast, holen wir dich ab. Vor Ort gehen wir noch mal alles durch, bevor Kalle kommt."

Am nächsten Morgen nahm sich Sonja ausgiebig Zeit, ihre Wohnung zu putzen, Wäsche zu waschen, Dinge zu erledigen,

die in den letzten aufregenden Tagen zu kurz gekommen waren.
Dabei sang sie die Texte der Auftritts-Lieder, allerdings nur die
schnellen Nummern.

Danach beschäftigte sie sich mit der Planung für den Treffpunkt.
Ihr würde es gefallen, wenn der Treffpunkt regulär nur am
Mittwoch, Donnerstag und Freitag für Kurse geöffnet wäre.
Einmal im Monat würde sie einen Kurs zu Farbe und Stil anbieten, bei dem die Teilnehmer ihre Lieblingskleidungsstücke mitb-
ringen und prüfen lassen könnten. Einmal würde sie zeigen, wie
man Ballast abwirft und Ordnung hält.

Dann noch einen Kurs für junge Mütter, am besten Samstag
und am Vormittag. Sie würde ihnen zeigen, wie man Wäsche
und Kinderkleidung repariert und sie auch selbst fertigstellen
lassen.

Natürlich müsste sie bei den beiden Partys, beim Kaffeeklatsch
und dem Brunch einmal im Monat dabei sein. Sie musterte ihre
Notizen.

Sieben feste Termine im Monat, das würde ihr ausreichend Zeit
lassen, weiter die gute Fee der Kleiderschränke zu sein, Gardinen zu nähen und die Zeit mit Peter zu genießen.

Als Sonja am Nachmittag wieder das Grundstück am See betrat,
glaubte sie zunächst am falschen Ort zu sein.

Das neue Landhaus strahlte in frischem Weiß und mit braunen

Giebelleisten, die täuschend echt aussahen. Wenzel hatte die Blumenkästen genau unter den neuen Fensterläden angebracht und mit roten Geranien in wasserfallähnlicher Fülle bepflanzt. Auch innen strahlte alles in frischem Weiß.

Als die Männer die Möbel aufstellten, putzte Sonja schnell die Fenster und brachte die weiß-blau karierten Vorhänge an, die mit roten Bändern zurückgebunden wurden.

Inzwischen standen schon die Bank und der Tisch an ihrem Platz, so dass sie die Auflage, die Tischdecke und die Kissen anbringen konnte. Nachdem das große Bett im zweiten Raum aufgestellt war, bereitete sie auch hier die Gardinen vor.

Als sie wieder zurückkam, brachten die Männer gerade einen schweren Bauernschrank nach innen, weiß, mit Mohn, Kornblumen und Ähren bemalt.

„Wow, wo hab ihr denn den her?"

Tommy wies auf Wenzel, der sich bescheiden in der Ecke hielt.

„Mit dem Hinweis auf Malerei, hast du den Künstler in ihm geweckt. Das ist einfach der alte Garderobenschrank, der vorher hier stand. Mit Leisten, Farbe und Wenzels Genie ist er jetzt ein Meisterstück!"

Das fand der Besitzer des Häuschens auch, der in wahre Begeisterungsstürme ausbrach. Nachdem ihm Sonja noch einige Tipps zu passender Bettwäsche und Geschirr zugeflüstert hatte, fuhren sie in Hochstimmung zurück.

Nicht nur, dass es riesigen Spaß gemacht hatte, in Sonjas Tasche knisterte auch ein paar Scheine, die wunderbar zu ihren Anspar-bemühungen passen würden.

Tommy lud sie alle noch zu einem Bier in den Garten ein, zu dem es natürlich auch ein schnelles Essen von Annie gab.

Sonja genoss es, an diesem ruhigen Abend nah bei Peter zu sitzen und sich über die gut erledigte Arbeit zu freuen. Die Männer konnten gar nicht aufhören, Annie alles bis ins letzte Detail zu erklären und Fotos zu zeigen, die belegten, was sie aus dem Horrorhaus gezaubert hatten

Sonja stimmte ihnen zu. „Ich habe das bei meinem Flyer auch genutzt. Vorher-Nachher-Fotos überzeugen die Kunden einfach schneller."

„Gute Idee, aber davon habe ich keine Ahnung, Peter du?"
Tommy zwinkerte leicht mit einem Auge, also hielt sich Peter zurück. „Wenzel, was ist mit dir?"

Wenzel war offensichtlich ein Blitzmerker und wusste eine Ge-legenheit zu nutzen, wenn sie sich ihm bot. „Ein wenig Ahnung habe ich, aber ich bräuchte sicher Hilfe."

„Vera könnte dir doch helfen", rief Annie.

Und als sie das allgemeine Grienen bemerkte, boxte sie nach beiden Seiten, zuerst Tommy und dann Wenzel. „Oh, ihr Gauner und ich gehe euch noch auf den Leim. Aber Vera macht das wirklich gerne."

„Wir treffen uns ja nächste Woche bei Vera, weil wir die Planung für den Treffpunkt vorbereiten. Zurzeit hat sie sicher noch mit der Website für den Versand zu tun, aber dann…"

„Was wollt ihr denn überhaupt in dem Treffpunkt machen? Annie wird Kochkurse anbieten, das weiß ich."

„Ich werde Kurse zum Nähen, zu Farbe und Stil anbieten, jeder das, was ihm Freude macht. Warum fragst du?"

Tommy räusperte sich „Wir würden gerne einen Handwerkerkurs für Kinder anbieten. Nur eine kleine Gruppe, wo sie lernen einen Nagel einzuschlagen, ein Loch zu bohren oder eine Leiste zu sägen. Schließlich haben wir einen Pädagogen dabei, der wird das schon richten"

„Das ist eine Superidee. Wenn wir das mit anbieten, braucht ihr euch nicht mit den Formalitäten herumzuschlagen."

14.Kapitel,

in dem der Jahreszeiten-Versand ans Netz geht, Kurse geplant, ein Eindringling gefasst und 40 Rotarier glücklich gemacht werden

Nach einem leicht verlängerten Wochenende, bei dem Sonja und Peter in Erinnerungen an ihre Jugend schwelgten und sich emotional noch näher kamen, aber auch bewiesen, wie viel Kondition man mit 65 plus haben kann, fuhr Sonja mit blendender Laune wieder einmal mit Vera zu Irina.

Bei ihrem letzten Gespräch hatte diese angedeutet, demnächst einen Verleih für Tanzkleidung zu übernehmen. Wie vermutet, hatte das auch geklappt, leider war der Insolvenz ein Wasserschaden vorausgegangen. Die Petticoats, für die sich Sonja interessierte, sahen schlimm aus, waren aber auch sehr preiswert zu haben. Außerdem erstand sie noch zwei kleinere Ballen Stoff in Blautönen mit hellen Pünktchen, was Vera zwar überraschte, aber nicht so sehr, dass sie nachgefragt hätte.

Zum Weiberabend bei Vera gab es den feierlichen Höhepunkt gleich zu Beginn. Vera und Ellen erwarteten alle mit Sektgläsern in dem kleinen Büro, um anzustoßen und gemeinsam zu erleben, wie der Online-Versand *Die vier Jahreszeiten – Second hand* ans Netz ging. Nachdem Ellen und Vera gemeinsam die

Taste gedrückt hatten, erschien das Logo und wurde stürmisch bejubelt.

 Anschließend wurde auf Veras Dachterrasse weitergefeiert.

Vera hatte Ministeaks und drei unterschiedliche Salate vorbereitet, wieder nach dem bewährten Prinzip, das langsam zur Gewohnheit wurde. Anschließend gab es selbstgemachtes Mokka-Eis und Kaffee oder Cappuccino nach Wunsch.

„Wenn wir heute noch über die Planung des Treffpunkts reden wollen, brauchen wir bei aller Freude einen klaren Kopf. Also Wein gibt es erst später." Vera hatte den Weinkühler vorsorglich schon in der Nähe abgestellt.

„Ich würde vorschlagen, dass wir den Treffpunkt Montag und Dienstag geschlossen halten und Kurse nur am Mittwoch, Donnerstag und Freitag anbieten, eventuell noch Samstag Vormittag. Wir wollen ja nicht die ganze Zeit hier zubringen, sondern auch noch anderes erledigen." Dass sich Sonja als erste meldete, war schon lange nicht mehr vorgekommen.

„Wo sie recht hat, hat sie recht." Karla nickte bestätigend. „Für meinen Theo muss auch ausreichend Zeit bleiben."

„Mir würde das auch genügen", schloss sich Ellen an.

„Ich möchte in jeder Woche einen Anfängerkurs und einen für Fortgeschrittene machen, wenn es genügend Interessenten gibt."

„Hast du denn schon einen Tanzpartner für Line Dance gefunden. Mit Tommy kann ich nicht rechnen."

Annie hatte immer noch auf Paartänze gehofft.

„Mit Nils wird das auch nichts. Er sagt, er habe beim Tanzen die Grazie eines betrunkenen Storchs und schaut deshalb lieber zu. Zum Glück ist das ja beim Line Dance kein Problem! Wer will denn außer Sonja noch Kurse anbieten?"

„Vielleicht sollten wir am Anfang noch gar keine Kurse machen", wandte Vera ein, „sondern nur Vorträge, damit die Leute wissen, was wir anbieten. Darüber würde ich dann in der Lokalzeitung informieren und sie auch zur Eröffnung einladen."

„Trotzdem müssen wir ja wissen, was wir anzubieten haben, wenn die Leute strömen." Ellen überflog ihre Notizen und sah Annie fragend an.

„Ein Kurs für Erwachsene, wie man gesünder essen und zubereiten kann und etwas ähnliches auch für Kinder. Wenn ich dafür den Samstagvormittag bekomme, könnte Tommy seinen Handwerkerkurs für Kinder zur gleichen Zeit machen. Praktisch, oder?"

Ellen notierte fleißig, als Sonja fortsetzte. „Ein Kurs für Farbe und Stil, ein Kurs, wie man Ballast abwirft und Ordnung schafft und ein Nähkurs für junge Mütter, wie man kleine Reparaturen selbst macht."

„Das ist eine Superidee. Wenn du das auch am Samstag machst, können die Mütter gleich ihre Kinder mit zu mir bringen."

Annie war begeistert.

„Ich könnte nur einen Kurs für besseren Umgang mit Geld anbieten. Aber nehmen wir auch Gastredner? Mein Theo würde so
etwas auch gerne mitmachen."

„Vielleicht könnten wir das sogar zu einer festen Gewohnheit
machen. Immer am Freitag gibt es einen besonderen Gastredner,
zum Beispiel Karlas Arzt oder Wendy oder Nils zu Rechtsprob-
lemen oder etwas Aktuelles." Ellen notierte gleich ihre Vor-
schläge.

Auch Sonja war gut vorbereitet. „Wir sollten auch überlegen,
die Punkte unseres Programms gegen Jugendschwund, anderen
zugänglich zu machen. Wie gut es wirkt, sieht man ja an uns.
Wenn wir zu jedem Schwerpunkt einmal im Monat einen Vor-
trag planen, dann hätten die Teilnehmer ausreichend Zeit, die
Erkenntnisse umzusetzen."

„Richtig, schließlich sind nicht alle so schnell wie wir", lachte
Karla. „Aber die Idee ist gut."

Ellen beeilte sich alles zu erfassen.

Zum Schluss sah sie Vera fragend an, die nickte schließlich.

„Ich wollte eigentlich nicht, aber ich könnte einen Computer-
Kurs zur Bildbearbeitung anbieten. Sonja hat mich überzeugt."

„Prima." Ellen freute sich. „Wenn wir jetzt noch zwei Mal im
Monat eine Party machen, am besten am Samstag und zweimal
abwechselnd am Sonntag Brunch oder Kaffeeklatsch anbieten,
sind wir gut ausgelastet."

Ich bereite die Planung erstmal vor und dann schauen wir, dass keiner zu stark eingesetzt wird. Schließlich wollen wir in erster Linie Spaß haben."

„Was nehmen wir denn an Kursgebühren?" Karla fragte aus berechtigtem Interesse. „Das brauche ich für die weitere Planung."

Ellen sah in die Runde. „Ich denke wir liegen richtig, wenn wir uns an den Volkshochschulen orientieren und dann unter uns verteilen."

„Irgendwie ist das aber ungerecht", gab Karla zu bedenken.

„Ellen, du machst acht Kurse im Monat und ich einen. Wir sollten es so handhaben: Der Kursleiter erhält die Gebühren und zahlt unserer Firma Stuhlgeld."

„Wir haben doch Stühle?" Vera wirkte etwas verwirrt.

„Stuhlgeld ist ein vereinbarter Betrag pro Teilnehmer. Das belohnt den, der viel macht und vermeidet Ärger. So, Vera, jetzt kannst du den Wein freigeben. Und wenn Ellen endlich ihre Gitarre auspackt, singen wir noch 'ne Runde."

Und so klang dieser Abend im wahrsten Sinn des Wortes harmonisch aus.

Den zweiten Auftritt in der Stadthalle gingen die Silver Girls schon wesentlich ruhiger an. Annie war noch etwas aufgeregt, aber nach Sonjas Globuli zu allem bereit. Schließlich hatte sie zwei Soli zu singen, da sie im Programm den Anteil der Lieder mit deutschem Text erhöht hatten.

Nachdem sie alle Künstlertricks für einen erfolgreichen Auftritt angewandt hatten, gingen sie schon in Hochstimmung auf die Bühne.

Und es wurde ein toller Erfolg. Die Rotarier, schon weit über achtzig, aber gut in Form, applaudierten minutenlang. *Weißer Holunder* und die Extrawünsche *Moonlight* und *Damals* mussten wiederholt werden. Zum Schluss sangen wieder alle mit.

In der kleinen Garderobe drängten sich derweil vier aufgeregte Männer, um ihre Angebeteten in Empfang zu nehmen und zu feiern.

„Habt ihr das gesehen, bei den englischen Titeln, haben sich die alten Damen gefreut und bei den deutschen haben die Männer geschluchzt." Annie teilte ihre Hochstimmung gerne mit den anderen, als sie zurück zur Garderobe gingen.

Etwas überrascht, aber freudig, wurden die Männer begrüßt.

„Wir wollten gemeinsam mit euch feiern und der beste Platz ist der Treffpunkt, um den sich eigentlich alles dreht", kündigte Tommy als Wortführer an. „Wenzel hält dort die Stellung und hat alles vorbereitet."

„Wenzel hat einen Schlüssel?" Karla sah sich fragend nach Vera um, die nickte nur lächelnd.

„Halleluja, zum fünften. Das haben wir sauber hingekriegt.
Feiern ist eine tolle Idee, aber wo bleibt meine Gratulation?"
Und Theo bewies sofort, dass er wahrlich kein faules Murmeltier war.

Im Treffpunkt hatte Wenzel eine kleine Festtafel zusammengestellt, mit Sekt, Bier, Wein und einem kleinen Imbiss. Frische Blumen erwarteten die Künstlerinnen, die sich jetzt gerne noch einmal feiern ließen.

Am nächsten Morgen kam Wenzel mit ernstem Blick in die Werkstatt. „Ich muss euch etwas zeigen."
Er führte die anderen zu den hinteren Fenstern des Treffpunktes und deutete auf den Boden. In der Blumenrabatte, die Wenzel angelegt hatte, waren frische Schuhabdrücke genau unter dem Fenster zu erkennen. Peter hielt vergleichsweise seinen Schuh darüber. „Das ist mindestens Schuhgröße 48, das war niemand von uns."
„Ich habe keine Ahnung, was das bedeuten soll. War das nur ein Spanner oder wollte jemand einbrechen? Aber ich mache mir Sorgen, wenn Vera hier alleine ist." Wenzel fuhr sich frustriert durch die Haare.
„Dann legen wir uns abwechselnd auf die Lauer und schnappen uns den Kerl." Tommy war fest entschlossen für Sicherheit zu sorgen.

„Du weißt doch nicht, wann derjenige wiederkommt." Peter
blieb skeptisch, Wenzel dagegen stimmte sich schneller auf
Tommys Vorgehen ein.

„Wir brauchen einen Köder. Wir müssen heute Abend wieder
etwas im Haus organisieren, ohne dass die Frauen misstrauisch
werden."

„Das brauchen wir nicht. Wir sagen Vera, wir würden etwas
reparieren oder etwas anbringen. Dann lassen wir die Lampen
an, schließen die Jalousien und lauern hier draußen."

„Guter Vorschlag, Tommy. Aber dein Hund darf uns nicht ver-
raten."

„Das macht er nicht, er heißt zwar Bello, aber er bellt nur in
höchster Gefahr. Ich habe es jedenfalls noch nie gehört."

Der Abend zog sich hin, zum Glück war es noch angenehm
warm. Das Licht leuchtete schwach hinter den Jalousien. Die
letzten Spaziergänger waren schon vor einigen Stunden vorbei
gekommen, Autos waren von hier auch nicht zu hören.

Alles sah nach einer vergeblichen Aktion aus, bis es plötzlich
seitlich vom Eingang knackte.

Tommy hielt seine beiden Mitstreiter, die schon losstürmen
wollten, zurück. Jetzt konnten sie deutlich eine männliche Figur
ausmachen, jemand der sich nach einer Tasche bückte und eine
Spraydose schüttelte.

Auf Tommys scharfen Pfiff hin, schoss Bello wie ein Torpedo genau auf den Eindringling los. Als die drei ihn auch erreichten, lag er schon am Boden.

„So, so, sprayen wollten wir. Dafür gibt es eine feine Erinnerung, denn wir mögen es überhaupt nicht, wenn unsere Arbeit zerstört wird. " In aller Ruhe träufelte Tommy Flüssigkeit aus einer Patrone auf die Hände des Eindringlings, die sich daraufhin leuchtend pink färbten.

„Das sollte man mit allen Sprayern machen. Und jetzt rufen wir die Polizei.“

„Dann können sie auch gleich die Gauner hier drinnen verhaften, an die habe ich mein ganzes Geld verloren und jetzt machen sie schon wieder weiter.“

„Was ist den passiert?“ Vera kam ängstlich näher, den Gürtel ihres Morgenrocks fest zusammengeschnürt.

„Wir haben jemanden geschnappt, der am Treffpunkt sprayen wollte“, erklärte Tommy. „Ich glaube, er wollte sich an deinem Exmann rächen. Wir sind gerade dabei die Polizei zu rufen“

„Danke, dass ihr so wachsam ward. Lasst mich kurz alleine mit ihm sprechen.“

Die Männer zogen sich in Richtung Werkstatt zurück, nicht ohne die Situation im Auge zu behalten.

„Mann, was hast du denn auf seine Hände geschmiert?“

Peter musste kichern. „Das war echt krass. Geht das wieder ab?“

„Schon möglich", grinste Tommy, „aber es wird ein Weilchen dauern. Mit solchen Patronen wird Bargeld bei Transporten gesichert, das Zeug ist echt gut."

„Ich hätte ihm am liebsten ein Veilchen verpasst." Wenzel war wirklich wütend, aber Tommy grinste nur. „Damit hätte er dich verklagen können, aber mit pinken Händen garantiert nicht."

„Das gibt es doch nicht, sie lässt ihn laufen." Wenzel war mehr als überrascht, aber Vera strich sich nur müde übers Haar.

„Ich habe ihm erklärt, dass ich auch mein Geld verloren habe. Mein Ex ist untergetaucht und wenn er ihn findet, kann er ihn gerne von oben bis unten einsprayen. Damit ist die Sache erledigt, aber Danke, dass ihr so wachsam wart."

Sonja wurde erst am nächsten Morgen über den aufregenden Vorfall informiert. Sie war gerade beim Nähen, als Peter anrief und von ihrer Heldentat berichtete. Nachdem er ausgiebig gelobt und bewundert worden war, erklärte er, dass sie an einem neuen Auftrag arbeiten müssten.

Sonja war das auch recht, so konnte sie ungestört ihre Überraschung vorbereiten, Petticoats und zweiteilige Neckholder-Kleider für alle. Während die Petticoats nach einer ausgiebigen Wäsche nur repariert werden mussten, erforderten die Kleider schon ihre ganze Aufmerksamkeit. Jetzt verstand sie auch Annie besser, die die Werkstatt für einen Segen hielt. Nähe war schön, aber zu viel Nähe war genau das: Zu viel!

Sie mochte Peter sehr, wahrscheinlich liebte sie ihn sogar schon, aber zusammen ziehen, musste noch nicht sein. Sie hatte ihn gerne um sich, aber bitteschön, nicht den ganzen Tag!

Lächelnd schüttelte sie den Kopf. Was sie sich schon wieder für unnütze Gedanken machte, noch war doch alles offen.

Nur der Treffpunkt war das noch nicht und dafür nähte sie eben etwas schneller. Bis zum Abend hatte sie die Petticoats und die Röcke geschafft und die Korsagen zugeschnitten. Zum Glück gab es auch noch Bänder aus der früheren Zeit als Jäger und Sammler, mit denen die Oberteile passend geschnürt werden konnten. Nach einem angeregten Kinoabend mit Peter, schaffte sie ihre Nähaufgabe am nächsten Tag. Alle Neckholder-Kleider im Stil der 50-er Jahre waren fertig und warteten auf ihren Einsatz.

15.Kapitel,

in dem ein Geschäft gut anläuft, ein Striptease überrascht und ein Treffpunkt für Junggebliebene eröffnet wird

Zum nächsten Weiberabend, der eigentlich schon keiner mehr war, trafen sich alle bei Annie und Tommy, um die Eröffnung des Treffpunktes vorzubereiten. Vera und Wenzel warteten als erste mit mehr als einer Überraschung auf.

„Das wichtigste zuerst!" Vera konnte man die Freude und den Stolz förmlich ansehen. „Wir hatten 3 Bestellungen, die Päckchen habe ich schon zur Post gebracht. Ein Tuch von Tante Margarete war auch dabei."

„Super", freute sich Ellen, „darüber wird sie sich wahrscheinlich, wo immer sie auch ist, mächtig ärgern."

„Zweite Überraschung", setzte Vera fort und zeigte den anderen Fotos auf ihrem Tablet. „Heute kamen ein riesiger Blumenstrauß und eine große Kiste mit Sekt für die *Lovely Silver Girls* von unseren Freunden, den Rotariern. Sie bedanken sich noch einmal ausdrücklich für die Freude, die wir ihnen gemacht haben."

„Gerne wieder", schmunzelte Sonja, „sie waren ja auch ausgesprochen reizend."

„Hast du noch eine Überraschung?" Karla schaute auffällig hinter Vera, sah aber keine Flasche.

„Ich nicht, aber Wenzel, er hat eine Hollywoodschaukel

aufgetrieben, als Requisit für unsere 50-er Jahre Partys.
Sie steht auf der unteren Veranda und kann demnächst einge-
weiht werden."

„Hat noch jemand eine tolle Überraschung, bevor ich meine
Schaschlik-Spieße auf den Grill lege?" Tommy schaute streng
in die Runde, aber Sonja grinste ihn nur an. „Warte noch ein
wenig. Jetzt gibt es erst noch Striptease."
Als alle wie erwartet sprachlos blieben, holte sie den großen
Kleidersack, den sie bisher versteckt hatte.

„Wir haben viel am Treffpunkt gearbeitet, heute bereiten wir die
erste 50-er Jahre Party vor. Und hat mal jemand von euch an
Arbeitskleidung gedacht? Ich schon."
Mit dieser Bemerkung breitete sie die Kleider aus und freute
sich über die entzückten Schreie, die abwechselnd ausgestoßen
wurden.

„Wir sollten sie vor dem Essen probieren", schlug Annie vor,
„hinterher passe ich nicht mehr rein."
 Und genau in dem Moment ließen alle vor den überraschten
Blicken der Männer die Hüllen fallen und schlüpften in die neu-
en Kleider, die in ihren unterschiedlichen Blautönen wunderbar
zum jeweiligen Farbtyp passten.

„Und weiße Petticoats", selbst Ellen geriet aus dem Häuschen.
„Wo hast du die denn aufgetrieben?"
„Bei Irina natürlich. Ich hatte mir gedacht, dass wir diese Kom-

bination leicht verändern können, um jedes Mal anders auszuse-
hen. Mal so, mal den Rock mit einer Bluse oder einem Top."

„Super, Sonja, du bist ein Genie!" Karla konnte sich gar nicht
sattsehen in dem großen Garderobenspiegel, den Tommy
freundlicherweise in den Garten gebracht hatte.

„Und da es Arbeitskleidung ist, bezahlen wir das natürlich auch
aus unseren Mitteln."

„Und jetzt zieht euch etwas schneller um, meine Spieße sind
fertig. Wer bummelt, den bestraft der Grillmeister." Tommy
grinste und freute sich schon auf den Anblick, aber diesmal gingen die Frauen zum Umziehen in den Hausflur.

Nach dem Essen mit Schaschlik, Cevapcici, Käse und Grillge-
müse, begann die Planung der Eröffnungsfeierlichkeiten.

„Wir werden das in zwei Abschnitte gliedern", schlug Ellen vor.

„Wir machen am frühen Nachmittag die Eröffnung mit einer
Informationsstunde. Das heißt, jede von euch hat 10 Minuten,
um ihre Kurse zu erklären und Teilnehmer zu werben. Ich bekomme ein paar Minuten mehr, weil ich auch noch die anderen
Aktivitäten erläutern werde."

„Dafür sollten wir Listen zum Einschreiben bereithalten und
auch noch einige Flyer, für die, die sich nicht gleich entscheiden
können." Sonja war wie immer gut vorbereitet.

„Ich habe alle Informationen an die Lokalpresse gegeben",

ergänzte Vera. Das müsste zwei Tage vorher erscheinen."

„Ich mache das gleiche auch noch auf unserer Website. Wer will, kann sich auch dort anmelden."

„Laden wir auch jemanden ein?" Karla wollte auf alle Möglichkeiten vorbereitet sein. „Und wenn, gibt es etwas zu trinken?"

„Ich wäre dafür, unsere wichtigsten Helfer und Unterstützer einzuladen, natürlich alle die hier am Tisch sitzen und Nils und Theo auch", schlug Sonja vor.

„Und Irina", rief Vera.

„Und Wendy", ergänzte Ellen.

„Außerdem sollten wir Aushänge in den Blocks des Senioren-Projektes machen, die kommen bestimmt." Annie sah sich nach Zustimmung um und war zufrieden, als alle nickten.

„Nach der Infostunde gibt es Kaffe und Kuchen kostenfrei, als kleinen Vorgeschmack auf den künftigen Kaffeeklatsch. Was haltet ihr davon?" Ellen hoffte vor allem auf Annies Zustimmung, die auch prompt erfolgte.

„Ab 18.00 Uhr beginnt unsere erste 50-er Jahre-Party", fuhr Ellen in der Planung fort. „Musik ist klar, ich lege auf. Wollen wir auch etwas singen?"

„Sicher", lachte Sonja, „so gut, wie wir jetzt in Form sind. Wir sind doch der Höhepunkt!"

„Was ist mit den Getränken?" Natürlich Karla, dachte Ellen, aber die Frage war berechtigt.

„Wir haben bis jetzt Bier und Wein gekauft. Aber typisch für die 50-er Jahre wäre eine Pfirsichbowle oder auch kalte Ente."

„Und unbedingt Cocktails", rief Vera. „Ich wollte schon immer mal hinter der Bar stehen und einen *Martini* oder *Moskau bei Nacht* mixen."

„ Das geben unsere Gläservorräte noch nicht her", gab Annie zu bedenken. „Ich müsste noch einiges nachkaufen, aber für Bowle, Sekt und Bier sind wir ausreichend gerüstet. Wir haben auch genügend Geschirr für kleine Häppchen. Was meint ihr, an was man sofort beim 50-er Jahre-Essen denkt?"

„Toast Hawaii", schallte es ihr mehrfach entgegen.

„Na, logisch", grinste Annie. „Außerdem machen wir noch Ragout fin. Beides kann man gut vorbereiten und dann schnell noch überbacken."

„Fehlt nur noch die Deko", stellte Sonja fest. Bis jetzt haben wir lediglich weiße Tischdecken, die ich mit Bändchen schon etwas versilbert habe, aber die Wände sind noch kahl."

„Da hätte ich einen Vorschlag", meldete sich Wenzel aus dem Hintergrund. „Vera und ich haben aus einem Second-hand-Laden, große Scherenschnitte mitgebracht. Dabei sind auch tanzende Paare und ein Mädchen mit Petticoat und Pferdeschwanz. Wenn wir diese Umrisse noch etwas versilbern, dann haben wir die 50-er und die *Silver Girls* in einem."

„Wenzel, wenn du nicht schon vergeben wärst, könnte ich dich jetzt knutschen, für diese Superidee", lachte Karla. „Aber Vera wird das an meiner Stelle übernehmen."

„Und Zapfenstreich ist um 22.00 Uhr!" Vera wollte ganz sicher gehen und Ärger vermeiden, was auch alle verstanden.

Als der große Tag endlich gekommen war, klopften die Herzen der *Silver Girls* doch ein wenig schneller. Die engsten Weggefährten waren alle zum Gratulieren gekommen und bewunderten den Raum, was die Aufregung etwas minderte. Der üppige Blumenschmuck der Rotarier verlieh dem großen Saal mehr Glanz und ließ bei den Frauen doch den Stolz auf das Erreichte noch etwas wachsen. Das erste Glas Sekt nahm ein wenig von der Spannung, half aber nicht darüber hinweg, dass zur Infostunde nur 10 Leute erschienen waren.

Die Stimmung stieg wieder, als sich die 10 Leute auch in Kurse eingetragen hatten.

Eine junge Frau, die eigentlich nach einem Angebot für ihre Mutter gesucht hatte, war hellauf begeistert über den Kurs, in dem man Kinderkleidung reparieren lernen konnte und versprach, allen auf dem Spielplatz davon zu erzählen. Bis zum Nachmittag gab es noch 5 Anmeldungen über die Website, trotzdem stieg die Spannung wieder an. Würde die 50-er Jahre-Party angenommen oder ein Reinfall werden?

Als Ellen und Sonja den umgeräumten Saal abends noch einmal abnahmen und die weiß gedeckten Tische mit den Blumen und die silbern glänzende Wanddekoration bewunderten, hätten sie sich nicht träumen lassen, anschließend von Menschenmassen regelrecht überrannt zu werden.

Kaum waren die Türen geöffnet, strömten fröhliche Menschen in der Mode der 50-er Jahre herein. Das halbe Senioren-Projekt schien unterwegs zu sein.

Die Damen in schwingenden Röcken, die Herren im Dandy-Look oder verwegener als James-Dean-Verschnitt, allerdings dann mit Hosenträgern.

Der Auftritt der *Silver Girls* wurde begeistert bejubelt und selbst Achtzigjährige rockten anschließend den Saal und ließen kaum einen Tanz aus.

Nach drei Stunden gingen die Ersten, verständlich nach den ungewohnten Tanzanstrengungen, und die *Silver Girls* konnten etwas aufatmen.

Annie pustete ihre Haare zurück. „Genauso hatte ich mir diese Party gewünscht. Eine solche Stimmung. Super!"

Karla, die den Eintritt kassiert hatte, schaute auf ihre Notizen.

„Ihr werdet es nicht glauben, von unseren 36 Sitzplätzen, haben wir heute 35 verkauft. Beim nächsten Mal brauchen wir mehr Stühle", forderte sie. „Alle wollen wiederkommen. Einfach fantastisch!"

„Die haben uns wirklich das Haus eingerannt. Aber jetzt ist auch Zeit, dass wir auf den Erfolg anstoßen. Mädels, das war toll!" Ellen hatte inzwischen die Sektgläser für alle gefüllt.

„Trinken wir darauf, dass es so weitergeht! Auf uns und alle, die uns geholfen haben!"

„Kannst du jetzt noch einen richtigen Schleicher spielen? Ich möchte mit meinem Theo tanzen, zum Glück ist jetzt wieder mehr Platz."

Während Karla sich demonstrativ in Theos ausgebreitete Arme warf, nutzte Sonja die Atempause, um zur Terrasse zu gehen. Peter hatte offensichtlich die gleiche Idee gehabt. Er saß in der Hollywoodschaukel und stieß sich leicht mit einem Fuß ab. Als er Sonja kommen sah, öffnete er seine Arme und sie kuschelte sich hinein. „Das ist wirklich ein toller Erfolg. Alle sind von euch begeistert. Ich sowieso, natürlich mehr von dir." Er küsste sie zart auf die empfindsame Stelle hinter ihrem Ohr. Sonja genoss seine Zärtlichkeit und ließ ihre Gedanken wandern.

Noch vor einem Vierteljahr hätte sie sich das alles nicht vorstellen können. So viel war geschehen, seit Ellen zurückgekommen war und sie mit ihrem Programm letztendlich doch überzeugen konnte. Seitdem hatte sie sich gründlich verändert und die neue Sonja gefiel ihr ausnehmend gut. Mit den *Silver Girls* hatte sie wieder tolle Freundinnen und gemeinsam würden sie auch in

Zukunft noch einiges bewegen. Auch die große, grüne Langeweile war Geschichte, denn ihre Jobs bereiteten ihr jeden Tag
mehr Spaß. Und neben sich hatte sie einen Mann, der sie seit
Jahren liebte, auf den sie sich immer verlassen konnte und den
sie inzwischen auch unwiderstehlich fand.

Was wollte sie noch mehr? Worauf wollte sie eigentlich noch
warten? Also atmete sie noch einmal tief ein und wandte sich
Peter mit einem vorsichtigen Lächeln zu. „Wenzel zieht nächsten Monat zu Vera. Er hat mir seine Wohnung angeboten. Ich
denke daran, sein Angebot anzunehmen."

Peters Augen wurden immer größer. Er sah sie so überrascht an,
als könne er nicht fassen, was sie gerade andeutete.

„Du ziehst in die Wohnung über mir? Das wünsche ich mir
schon so lange. Aber die Stuckdecke im Wohnzimmer war doch
immer dein Wunschtraum?"

Sonja kuschelte sich fester in seine Arme und konnte gar nicht
aufhören zu lächeln. „Wer braucht schon Stuck?"

ENDE

Von der Autorin sind im BoD-Verlag bereits erschienen:

- Sophie und die Krimifrauen vom alten Bahnhof -1-
  Cosy-Crime-Geschichten

- Sophie und die Krimifrauen vom alten Bahnhof -2-
  Cosy-Crime-Geschichten

- Sophie und die Krimifrauen vom alten Bahnhof -3-
  Cosy-Crime-Geschichten

- Die Weiberwirtschaft
  Frauenpower im Mühlengrund

- Das gibt es doch nicht!
  Unmögliche und fantastische Geschichten 1

- Das ist wirklich das Allerletzte!
  Unmögliche und fantastische Geschichten 2

- Jetzt ist aber Schluss!
  Unmögliche und fantastische Geschichten 3

- Alles auf Anfang!
  Unmögliche und fantastische Geschichten 4

- Der Club der kleinen Millionäre -1-
  Coole Kids und der clevere Umgang mit Geld

- Der Club der kleinen Millionäre -2-
  Von Pfunden, Freundschaft und Hunden

- Der Club der kleinen Millionäre -3-
  Coole Kids und eine rätselhafte Schatzkarte

- Immer wieder aufstehen!
  Kurzgeschichten zum Mut machen

- Das Monster im Schrank
  Wenn Kinder Angst haben

- Klara und die Monster
  Mit Mutpunkten gegen die Angst